# Víctima de su engaño

## Sara Orwig

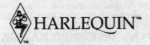

HARLEQUIN™

Editado por HARLEQUIN IBÉRICA, S.A.
Núñez de Balboa, 56
28001 Madrid

I.S.B.N.: 978-84-671-6872-3
Depósito legal: B-2010-2009
Editor responsable: Luis Pugni
Preimpresión y fotomecánica: M.T. Color & Diseño, S.L.
C/. Colquide, 6 portal 2 - 3º H. 28230 Las Rozas (Madrid)
Impresión y encuadernación: LITOGRAFÍA ROSÉS, S.A.
C/. Energía, 11. 08850 Gavá (Barcelona)
Fecha impresion para Argentina: 31.8.09
Distribuidor exclusivo para España: LOGISTA
Distribuidor para México: CODIPLYRSA
Distribuidores para Argentina: interior, BERTRAN, S.A.C. Vélez
Sársfield, 1950. Cap. Fed./ Buenos Aires y Gran Buenos Aires,
VACCARO SÁNCHEZ y Cía, S.A.
Distribuidor para Chile: DISTRIBUIDORA ALFA, S.A.

# *Capítulo Uno*

Cuando Abby entró en la sala de juntas forrada de roble aquella mañana de sábado del mes de agosto, miró directamente a los electrificadores ojos color café de Nick Colton. Cuando su mirada se clavó en la suya, Abby se estremeció.

Alto, atractivo y sensual, Nick Colton era un despiadado rival de su padre y resultaba peligroso para el bienestar de Abby. Pero sus ojos de largas pestañas la mantenían hipnotizada aunque el sentido común le decía que rompiera el contacto visual. Sin dejar de mirarla, Nick Colton avanzó hacia ella. Se habían cruzado en otras reuniones, pero no se conocían formalmente. Ella siempre se había percatado de su presencia porque sobresalía en cualquier grupo de gente, y hoy no era una excepción.

Vestido con pantalones de algodón grueso y camisa azul marino, parecía listo para acudir a una fiesta informal, no a una reunión con constructores. Una ligera sonrisa le curvaba las comisuras de sus labios sensuales. Tenía aspecto relajado y todo su cuerpo exudaba confianza. Cuando se acercó a ella, a Abby se le aceleró el pulso.

—Por fin nos conocemos —dijo él con voz grave tendiéndole la mano—. Soy Nick Colton.

Su mano envolvió la de Abby con gesto cálido y firme.

—Yo soy Abby Taylor, y sé quién eres –respondió–. Estoy segura de que todos los que están en esta sala te reconocen. Tengo entendido que el camino de mi padre y el tuyo se han cruzado alguna vez en el mundo empresarial –añadió, consciente de que aquella frase tan inocua no definía el acérrimo antagonismo de ambos hombres.

—Sí, pero por desgracia, tú y yo no nos conocíamos hasta ahora –respondió Nick con dulzura mientras Abby retiraba la mano–. Tengo entendido que eres nuestro enlace con la prensa, así que trabajarás conmigo.

—Sí. Y tú estás al mando del grupo que comenzará a construir una casa. El trabajo de hoy será un cambio importante para ti.

Nick encogió sus anchos hombros.

—Hace mucho tiempo pasé más de un año en el mundo de la construcción. El trabajo que vamos a hacer hoy es por una magnífica causa.

—No esperaba que fueras de los que se ofrecen voluntarios para llevar a cabo labores solidarias en las que haya que dar el callo. Tendré que revisar la opinión que tengo de ti –dijo Abby, consciente de lo alto que era. Ella medía un metro ochenta, y solía ser igual o más alta que la mayoría de los hombres que conocía. Pero Nick debía de sobrepasar los dos metros de altura.

—Me gustaría descubrir más detalles de la opinión que tienes de mí –aseguró él. Y la electricidad que había entre ellos aumentó varios voltímetros.

—Eres un gran rival de mi padre, y no creo que

desees escuchar mis opiniones sobre ti –respondió ella con ligereza.

Nick arqueó una ceja.

–Ahora me ha picado verdaderamente la curiosidad, y tengo que descubrir qué piensas de mí. Tengo la piel muy dura.

Abby se rió y a él le brillaron los ojos.

–Dudo mucho que tu ego tolere mis puntos de vista –aseguró.

–Mi autoestima es lo suficientemente poderosa como para soportar una descarga de críticas. Ponme a prueba y lo verás –la retó con un destello de impaciencia en la mirada–. Cuando hayamos terminado con este proyecto de construcción, sal a cenar conmigo esta noche. Una velada juntos me proporcionará tiempo para escuchar tu mordaz informe sobre mi carácter.

–¿Quieres hacer vida social con el enemigo? –preguntó Abby. Ya conoces el dicho: la curiosidad mató al gato.

–Tú y yo no podemos ser rivales –respondió él con suavidad–. Eso es algo que debo rectificar de inmediato, así que dame la oportunidad –su voz ronca resultaba tan sensual como el terciopelo, y como sus ojos oscuros y sus labios gruesos. Pelearse con él resultaba divertido, le añadía pimienta a una mañana que Abby esperaba fuera a ser aburrida. La invitación resultaba tentadora.

–Tardarías años en enmendarlo todo –le informó con brusquedad, sonriendo para disimular el veneno de sus palabras.

–Vaya, eso es todo un reto –respondió Nick bajando todavía más la voz–. Ahora tienes que aceptar y permitir que mejore la percepción que tienes de mí.

Abby sonrió, consideró la posibilidad y supo que, a pesar de las bromas, aquel hombre era un oponente que su padre detestaba. La oferta de Nick para salir a cenar era comparable con una proposición para ir a nadar con un tiburón. Debería negarse educadamente, pero la idea de salir con Nick la excitaba, porque le resultaba retador.

–Supongo que podría darte una oportunidad –respondió sin darle importancia al asunto.

–¿Una única oportunidad? –repitió él–. Entonces tendré que impresionarte… un reto más –aseguró en ese tono borroso que resultaba tan sensual como una caricia–. Estoy deseando que llegue esta noche. Necesitaré tu dirección –dijo sacando la Blackberry del bolsillo del pantalón.

Mientras hablaban, Abby era consciente de que había gente moviéndose a su alrededor y más personas que llegaban, pero lo que le rodeaba era una neblina y ella estaba únicamente concentrada en el hombre alto que tenía delante. Le quitó el teléfono y escribió en él la dirección de su apartamento y el código para poder atravesar la puerta. Luego le devolvió el aparato.

–Esta mañana tenemos que reunirnos para recibir instrucciones antes de que todo el mundo se dirija a cumplir con la tarea asignada –dijo–. Me han dicho que te has presentado voluntario para dirigir el grupo que comenzará la construcción de una casa nueva. Ed Bradford se ha ofrecido a estar al mando de los que repararán una antigua residencia. Yo voy a coordinar sus grupos con la prensa. Tienen pensando hacerte una breve entrevista sobre las labores solidarias y lo que vas a hacer hoy. Les concederás esa entrevista, ¿verdad? Los coordinadores de la organización están deseando conseguir el máximo de publicidad para este evento, que cuenta con los ejecutivos de elite de la ciudad como voluntarios.

–Por supuesto. Haré todo lo que tú me digas –aseguró Nick poniendo un énfasis seductor en la palabra «todo».

Ella sonrió.

–Me encanta oír eso –respondió con naturalidad aunque su comentario le provocó escalofríos–. La prensa puede reunirse primero contigo –Abby miró el reloj–. Deberías estar en tu localización y tener a tu gente trabajando a las diez de la mañana como muy tarde. ¿Te viene bien a las doce?

–A mediodía es perfecto. ¿Tienes la localización de la propiedad en la que vamos a construir? –preguntó.

–Sí. Tarrant Hitchman te hará la entrevista, tiene experiencia.

–¿Y tú vas a estar con él? –quiso saber Nick.

–Sí, por supuesto. Es parte de mi trabajo. Estaré allí, aunque entre bastidores.

–Mi fin de semana ha mejorado considerablemente –respondió Nick.

–No te emociones, Nick Colton. No te olvides de que somos enemigos.

–No tenemos por qué ser hostiles el uno con el otro. Incluso los países en guerra hacen tratados de paz. Veré qué puedo hacer esta noche para remediar esta desavenencia –le recordó.

–Te veré a las once en tu puesto –afirmó con decisión antes de marcharse. Un escalofrío le recorrió la espalda porque sabía que él la estaba mirando. No pudo resistirse a mirar hacia atrás, y cuando sus miradas se cruzaron se le volvió a acelerar el pulso.

Regañándose a sí misma por haberse dado la vuelta para mirarlo y alimentar así su vanidad, Abby trató de concentrarse en encontrar a Ed Bradford, pero le resultó imposible quitarse de la cabeza que tenía una cita para cenar con Nick Colton, el promotor inmobiliario de treinta y dos años multimillonario y odiado enemigo de su padre.

Aquella noche Nick la besaría, y la emoción hizo que le latiera con fuerza el corazón. ¿Cómo sería besarle? Desde aquel momento y hasta que llegó en coche al lugar donde se iba a levantar la construcción a las once para la entrevista de las doce, le resultó imposible quitarse a Nick de la cabeza.

Para su sorpresa, cuando llegó ya habían levantado la estructura. Nick estaba encima de una escalera dando martillazos. Se había quitado la camisa azul, que estaba atada en uno de los escalones inferiores. Llevaba puesto un casco. Bañados por el sol, los músculos de Nick se tensaban y se distendían y su piel tenía un brillo de sudor. Cuando Abby deslizó libremente la mirada por él, hasta sus vaqueros ajustados, contuvo la respiración. Alrededor de las estrechas caderas llevaba un cinturón de herramientas. En cuanto salió del coche, un hombre fornido de ojos azules y pantalones polvorientos se acercó a ella.

–¿Puedo ayudarte? –preguntó extendiendo la mano–. Soy Greg Bowder.

–Soy Abby Taylor, y he venido por la entrevista con Nick Colton.

–Estupendo. Venid conmigo todos y os conseguiré cascos –se giraron para esperar al equipo de cámaras y al periodista, y entonces Greg abrió camino hacia el trailer que servía como oficina temporal. Cuando todo el mundo tuvo puesto en la cabeza un casco amarillo, se dirigieron hacia Nick, que todavía estaba en la escalera concentrado en dar martillazos.

Greg silbó y Nick se detuvo para mirar alrededor. En cuanto vio a Abby sonrió, se secó el sudor de la nuca y bajó la escalera.

–Vaya, hola, Abby –dijo colocándose frente a ella.

–Hola, Nick –dijo Abby tratando de mantener la voz pausada–. Falta todavía una hora para la entrevista, pero queremos ir instalando todo. Nick, éste es Tarrant Hitchman.

–Encantado, Nick. Nos gustaría hacer la entrevista en la estructura de la parte de atrás –sugirió el periodista.

–Los mayores avances de la construcción están en este extremo, así que desde aquí tendrás un plano interesante –respondió Nick haciéndose cargo del equipo de cámaras–. Si te colocas aquí, la perspectiva es más amplia.

Sorprendida y al mismo tiempo divertida al comprobar que Nick había tomado el control de la situación, Abby se colocó unos metros más atrás. Observó cómo continuaba supervisando todo antes de dirigirse hacia ella. Se quitó el casco. Tenía el cabello oscuro pegado a la cabeza. Su aspecto resultaba desarreglado, sensual y provocador.

–Puedes sentarte en el trailer, tiene aire acondicionado –le sugirió deteniéndose un par de centímetros más cerca de lo que debería. Abby era plenamente consciente de su cuerpo, y luchó contra el deseo de volver a deslizar la mirada por su cuerpo.

–Estoy sorprendida por lo mucho que habéis avanzado esta mañana en la construcción. Me resulta difícil creer que vayas a dedicarle tres sábados a esta tarea.

–Hoy hemos tenido mucha ayuda –Nick se encogió de hombros.

–He oído esta mañana que has donado el terreno y los materiales para esta casa de caridad.

Nick sonrió y le rozó suavemente la clavícula.

–¿Por qué te extraña tanto que sea capaz de hacer algo por alguien?

–Tengo que admitir que tendré que cambiar mi opinión respecto a ti –Abby sonrió–. Tal vez no seas el despiadado y egocéntrico hombre de negocios que yo pensaba. Supongo que sabes que es una locura que vayamos a cenar juntos esta noche –añadió con cierto aire de misterio.

–Eso es lo que hace la vida interesante. Mantenerse alejado de lo aburrido y lo convencional. Dos enemigos disfrutando de una tregua fuera de horas de trabajo. Y hasta que llegue ese momento, si me disculpas, me refrescaré un poco para la entrevista.

Abby se despidió de él con la mano y lo vio marcharse a grandes zancadas. Nick se acercó a una botella de agua, la abrió y se la echó por encima. Las gotas brillaron bajo la luz del sol, proporcionándole un brillo especial a su cuerpo viril. Tras secarse con una toalla, volvió a ponerse su camisa azul marino y se dirigió al trailer. Cuando regresó tenía la camisa metida en el pantalón y el cabello peinado. La entrevista se desarrolló con completa normalidad. Nick parecía un profesional de la televisión, se mostraba relajado y seguro. Antes de que terminaran, Abby se subió al coche para dirigirse a la siguiente entrevista.

Era consciente de que su padre y Nick habían tenido encontronazos en los negocios, pero el odio de su padre hacia él resultaba tan irracional que se preguntó qué más habría de por medio. Tal vez no fuera nada. Su padre odiaba a sus competidores, y Abby sabía que Nick había ganado en muchas ocasiones. Era una generación más joven que su padre, pero su ascensión en el mundo inmobiliario había sido meteórica. Con eso bastaba para que su padre estuviera celoso.

Aquella tarde, mientras decidía qué ponerse, echó mano al teléfono para cancelar la velada con él. Su padre se pondría furioso si descubría que había salido con Nick. Y no tenía ningún futuro con él. Absolutamente ninguno. ¿Qué sentido tenía cenar con él? ¿Y si Nick le gustaba y él le pedía que volvieran a salir? Desechando la idea de cancelar la cita, volvió a cambiarse varias veces de ropa hasta que se puso un vestido negro sin mantas con el cuello de pico. Se calzó unas sandalias negras de tacón y se miró al espejo. Tenía el cabello castaño recogido en la cabeza. Sólo llevaba puesto el anillo de rubíes y diamantes que había pertenecido a su madre. Miró el reloj y se dio cuenta de que Nick estaba a punto de llegar.

Como si le hubiera leído el pensamiento, sonó el timbre de la puerta. Cuando Abby abrió, lo vio allí con un traje gris marengo, corbata roja y camisa blanca. Estaba increíblemente guapo.

–Estás impresionante –dijo él a su vez mirándola con aprobación.

–Gracias –complacida con el piropo, Abby sonrió y dio un paso atrás–. Entra, agarraré mi bolso.

–Gracias. Me gustaría ver dónde vives –dijo entrando y cerrando la puerta tras él.

–Llevo aquí un año –comentó Abby entrando en la soleada estancia–. Éste es el salón.

–Te pega mucho –respondió él mirando atentamente a su alrededor.

–Lo siento, pero no creo que nos conozcamos lo suficiente como para que puedas considerar que un tipo de decoración se ajusta a mi personalidad –aseguró Abby con firmeza.

–Permítame que lo dude. Este salón es elegante,

organizado y con muebles de buena calidad. Pero al mismo tiempo es acogedor, inolvidable –aseguró Nick con un tono ronco que indicaba que no estaba describiendo realmente el salón.

Ella se rió.

–¿Preparada para salir a cenar?

–Sí –respondió Abby dirigiéndose a la entrada y poniendo la alarma antes de salir con él–. He programado el vídeo para grabar tu entrevista y poder verla más tarde –aseguró mientras se dirigían al deportivo negro, uno de los más caros del mercado–. Bonito coche –observó.

–Me gustan las cosas rápidas –respondió Nick, también como si lo hiciera con doble sentido. Sostuvo la puerta del coche y Abby se deslizó en el lujoso asiento de cuero. Estaba acostumbrada a un estilo de vida confortable porque su padre siempre había sido un hombre de éxito, pero la riqueza de Nick superaba con creces la de su familia. Él se sentó tras el volante y luego encendió el motor.

–Ya has visto mi entrevista, ¿para qué la grabas?

–Quiero verla como la verían los demás. Imagino que habrá muchas mujeres que la graben también.

–Debes pensar que soy un mujeriego –dijo Nick sonriendo.

–No puedo ni contar las veces que he visto tu foto acompañado de alguna belleza. Razón de más para que me ande con cuidado esta noche. Creo que estás acostumbrado a romper corazones.

–¡Menuda imagen tienes de mí! Tendré que rectificarla.

Nick la llevó a un pequeño restaurante exclusivo situado en un paisaje de robles. El amplio vestíbulo contaba con profusión de plantas tropicales. Un maître de chaqueta blanca saludó a Nicky los guió por el interior apenas iluminado y en el que un pianista tocaba con suavidad. Para contribuir al ambiente romántico, había una inmensa fuente en el centro del comedor principal. En el centro de las mesas, cubiertas de manteles blancos, había floreros redondos de cristal con flores flotantes.

Un sumiller vestido de blanco vino a tomarles la orden y pidieron una botella de Sauvignon blanco.

–En interés de la paz –dijo Nick alegremente–, sugiero que esta noche evitemos hablar de nuestro pasado. Y también de asuntos de negocios.

–Eso nos deja pocos temas que tratar –sonrió Abby.

–En absoluto. Aficiones, amigos, el futuro, intereses… Podemos hablar de muchas cosas.

–De acuerdo. Pero si dejamos el trabajo fuera, yo no podré hablar del futuro. El mío está unido a la empresa para la que trabajo. Propiedades Taylor es mi vida.

–Seguro que una mujer tan guapa tiene más planes que estar en una oficina. ¡Sería una gran pérdida!

–Ah, yo creo que tú estás más liado con tus oficinas y tus adquisiciones de lo que quieres admitir. Yo trabajo para una única empresa. Pero bajo el nombre de Empresas Colton, tú posees negocios internacionales y propiedades. Estás en juntas directivas y manejas muchos asuntos. Para haber tenido tanto éxito, debes dedicarle la mayoría del tiempo a tus negocios. Y también estoy convencida de que estás tan entregada al trabajo como yo.

–Sabes más de mí que yo de ti. Tendré que ponerle remedio a eso.

Ella sacudió la cabeza y sonrió. En aquel momento llegó el sumiller con el Sauvignon blanco y lo abrió para que Nick le diera su aprobación. Cuando se hubo marchado, Nick alzó la copa para brindar.

–Por una larga amistad.

Abby se rió y entrechocó suavemente su copa con la de él.

–¡Imposible! Pero beberé de todas formas. Somos enemigos, ¿recuerdas? Aunque por ahora seamos amigos. Ojalá dure.

–Estoy trabajando en ello –aseguró Nick mirándola fijamente.

Para sorpresa de Abby, consiguieron saltarse cualquier otra conversación de trabajo o sobre su pasado. El camarero vino enseguida a tomarles la orden de la cena. Ambos pidieron lomo de ternera y siguieron hablando de sus aficiones. Nick era encantador, tal y como ella esperaba, y el tiempo transcurrió volando hasta que el camarero les sirvió la cena.

–Está delicioso –aseguró Abby tras el primer mordisco.

–Mi intención es que pases una velada maravillosa y estés feliz –dijo él sonriendo–. Quiero impresionarte.

–De hecho, mi impresión sobre ti ya ha cambiado. Eres encantador –aseguró, consciente de que podría añadir viril, sensual y otros adjetivos similares.

–Bueno, parece que voy por el buen camino contigo. A ver qué puedo hacer el resto de la velada.

–Yo no soy un proyecto –le hizo saber.

Cuando les sirvieron el postre, Nick se desabrochó la chaqueta y se sirvió un vaso de agua.

–Aquí no podemos bailar –dijo mirando a su alrededor–. Deja que te lleve a bailar.

La velada había sido de lo más excitante, y bailar con él le pareció una buena idea.

–Suena muy bien –respondió sonriéndole.

–Excelente –contestó Nick con la satisfacción reflejada en los ojos mientras se levantaba para rodear la mesa y retirarle la silla para que se levantara.

La siguió al exterior del restaurante y esperaron a que trajeran el coche de Nick.

–Ha sido una cena deliciosa –dijo Abby en cuanto se sentó en el asiento.

–Veamos si puedo conseguir que el resto de la velada sea todavía mejor –respondió él con alegría–. Me estabas hablando de tu viaje a Europa.

–Seguramente sea una menudencia para ti, pero yo sólo he estado una vez y me encantó, particularmente Roma –dijo mientras conversaba con él sobre su viaje. Finalmente se fijó en el lugar en el que se encontraban–. ¿Adónde vamos? –preguntó con brusquedad–. ¡Estamos en el aeropuerto!

# *Capítulo Dos*

–Así es, y voy a llevarte a bailar. Tardaremos un poco en llegar, pero creo que el viaje vale la pena –dijo mientras acercaba el coche a un jet blanco.

–¡Un viaje! –exclamó Abby girándose en el asiento para mirarlo–. Tengo que saber dónde tienes pensado ir.

–Deja que te sorprenda –dijo Nick con naturalidad mientras apagaba el motor y se quitaba el cinturón.

–Nadie sabrá dónde estoy –respondió ella–. Eso no es muy inteligente. Somos prácticamente desconocidos.

–No es verdad y lo sabes. Aunque nos hayamos conocido hoy, me conoces desde hace al menos cinco o seis años. Sabes que crecí en Dallas, que tengo negocios allí y que son de fiar.

Ella negó con la cabeza y miró hacia el avión.

–No –aseguró con énfasis, preguntándose si alguna otra mujer le habría rechazado alguna vez–. Por muy encantador que seas, Nick, no voy a salir de Dallas contigo rumbo a un destino desconocido sin que nadie pueda contactar conmigo.

–No eres muy temeraria, ¿verdad? –observó él con tono divertido.

–En estos asuntos, cero –respondió Abby con firmeza.

–Toma –dijo Nick sacando su teléfono móvil–. Llama y dale a quien quieras el número para que puedan encontrarte durante la noche. Dile que vamos a aterrizar en Houston y nos dirigiremos hacia Galveston, donde está anclado mi yate.

–¿Tu yate? –exclamó ella–. Podríamos haber ido a bailar en Dallas –dijo mirándolo sorprendida.

–Eso es pan comido. Quería hacer algo distinto contigo, algo inolvidable.

–Esta noche va a ser inolvidable –remarcó Abby, preguntándose cómo podía pensar Nick que ella olvidaría una velada con él, hicieran lo que hicieran. Si volaba a su yate a aquellas horas de la noche, estaba aceptando algo más que unas horas de baile con él. Estaba comprometiéndose, y la intención de Nick era seducirla.

–Tengo la impresión de que estás tratando de seducirme, Nick, y no estoy preparada.

–Tal vez lleguemos a ese punto –replicó él con gravedad–. Pero si no, pasaremos una velada agradable en mi yate. Creo que te va a gustar –sonriendo, le puso la mano en el hombro–. Te prometo que te llevaré de vuelta a casa en cuanto me lo pidas. Tenemos un helicóptero disponible. Bailaremos bajo las estrellas y tendremos la noche sólo para nosotros.

Abby guardó silencio, debatiéndose sobre lo que quería hacer. Miró hacia el jet que los esperaba, observándolo como si no hubiera visto ninguno en su vida. Sabía lo suficiente sobre Nick como para estar segura de que su integridad física no corría peligro, y sabía que mantendría su promesa de llevarla a casa cuando ella quisiera. Pero el peligro emocional era otro cantar, porque Nick era un rompecorazones declarado.

–¿Me llevarías a casa una hora después de que llegáramos si quiero? –le preguntó para ganar tiempo mientras tomaba una decisión.

–He prometido que te llevaría en cuanto tú quisieras, y eso haré –repitió él.

Esperando en silencio, le recorrió suavemente los nudillos con el dedo índice, provocándole escalofríos.

–No estoy accediendo a pasar la noche contigo. Eso tiene que quedar claro –aseguró Abby.

–Te he prometido que haremos lo que quieras –parecía estar divirtiéndose–. Veamos adónde nos lleva. Ven a bailar conmigo, Abby. Eso es todo. A menos que quieras que suceda algo más.

Abby tomó una decisión, consciente de que aquélla era una noche especial, algo único en medio de su predecible y rutinaria vida, completamente centrada en su trabajo.

–¿Nos vamos? –preguntó girándose hacia Nick con una sonrisa.

–¡Estupendo! –replicó Nick sonriendo de oreja a oreja–. Aquí es donde pueden contactar contigo –dijo sacando una tarjeta y un bolígrafo para apuntar un número–. Puede llamarte quien quieras o puedes ponerte en contacto tú en cuando lleguemos.

–Deja que le deje el número a una amiga –dijo Abby sacando su teléfono.

Mientras llamaba, Nick salió del coche y lo rodeó para abrirle la puerta. Luego se alejó unos metros para dejarle intimidad. Abby llamó a su amiga de toda la vida, Emmaline Dorset, y luego colgó y salió del coche. Cuando se dirigían al jet blanco, su teléfono sonó.

–Disculpa, Nick –dijo pensando que se trataría otra vez de Emmaline. Pero era un compañero de trabajo, Quinn Nash. Apretó el paso, porque no quería que él escuchara ninguna conversación relacionada con su trabajo.

–Abby, no he podido contactar con Dale Masaryk en todo el día –anunció con pánico.

–Yo no me preocuparía, Quinn. Seguro que está en Illinois y regresará el martes, así que el miércoles cerraremos el trato a la una en punto, como está previsto.

–Estoy deseando ver firmado ese contrato –exclamó Quinn–. Me sudan las manos sólo de pensar en la comisión.

–Entonces no lo pienses –respondió Abby. Ella no había querido pensar en la comisión. Había conseguido el listado de los terrenos de Dallas y Quinn había contactado con los Masaryk, así que habían trabajado juntos desde el principio.

–De acuerdo, Abby. Gracias. Siento haberte molestado.

–No pasa nada, Quinn. Nos vemos el lunes –dijo antes de colgar. La propiedad comercial que Quinn y ella le habían vendido a los Masaryk le reportaría a Propiedades Taylor la mayor comisión de su historia. Todo estaba controlado. Sin duda, Quinn se estaba preocupando sin necesidad.

–Lo siento. Trabajo. Supongo que no tengo que explicarte cómo va esto –aseguró.

–¿Una llamada el sábado por la noche? –Nick alzó las cejas–. Eso no es habitual.

–Un compañero de trabajo está algo nervioso por un asunto pendiente –dijo con naturalidad, sin dejarle entrever a Nick nada respecto a la lucrativa transacción que Quinn y ella llevaban ocho meses preparando.

Tomándola del brazo, Nick se dirigió hacia la escalerilla y luego hacia el avión. Abby ocupó uno de los elegantes asientos de cuero blanco del interior.

–No te has arrepentido todavía, ¿verdad? –le preguntó con dulzura, sonriéndole con sus blancos dientes.

Ella negó con la cabeza, preguntándose si no habría sido una ingenua yéndose con él. Nick se había mostrado encantador durante toda la velada, había sido atento e impredecible, pero ¿de verdad quería ser su amigo? Aquel hombre no había conseguido su poder y su fortuna siendo amable, así que más le valía tenerlo en mente.

–Es una noche muy excitante.

–No más de lo que tú lo eres para mí –replicó Nick.

–Para el carro. ¡Vas más deprisa que este jet!

Nick se rió y se echó hacia atrás para observarla.

–¿Tienes pensado volver a Italia?

–Por supuesto. Algún día. Es una de las cosas que deseo hacer en el futuro. Y también tener mi propio negocio. Seguro que para ti es muy satisfactorio tener el tuyo.

–Y yo creo que estás llevando otra vez la conversación hacia el terreno profesional –dijo él.

–¡Se me olvida! –exclamó Abby, sorprendida de sentirse tan atraída hacia Nicky–. Sinceramente, se me olvida que eres un feroz competidor –admitió recordando que no sabía la razón por la que había comenzado la *vendetta* entre Nick y su padre. Pero no iba a preguntárselo en aquellos momentos.

–Entonces estoy triunfando –dijo en voz baja acercándose más–. No quiero que me veas como un rival.

–¡De eso estoy segura! –exclamó Abby con una sonrisa–. Lo que quieres es que baje la guardia.

–Ya que has sacado el tema, ¿cuándo tienes pensando montar tu propio negocio? –preguntó Nick.

–No te emociones –respondió ella–. Seguramente intentarías engullir mi empresa el primer año, pero eso no va a suceder. No puedo establecerme por mi cuenta. Mi padre se moriría –aseguró.

–Por supuesto que puedes. Seguramente estaría muy orgulloso de ti –respondió Nick quitándose la chaqueta y la corbata. A Abby se le aceleró el pulso al ver cómo se desabrochaba los dos primeros botones de la camisa. Durante un instante recordó su pecho desnudo tal y como lo había visto por la mañana. Alzó la vista para mirarlo y vio que Nick la miraba fijamente.

—No, conozco a mi padre. Si me voy, le haría daño, así que no lo haré. Y tienes razón, yo soy la que saqué el tema del trabajo. Tal como te dije antes, es la parte más importante de mi vida. Apenas hay espacio para nada más.

—Eso es algo que intentaré remediar. Una mujer tan guapa debería hacer algo más que trabajar.

—No me compadezcas —dijo Abby sonriendo—. Hago lo que me gusta, y no creo que mi vida sea muy diferente a la tuya.

—A mí no me oirás decir que mi trabajo no me deja tiempo para nada más, eso te lo aseguro.

—Tal vez no, pero seguro que en el pasado fue así —respondió Abby observándolo—. Sigamos hablando de Europa y de viajar. Es un tema menos espinoso.

Siguieron hablando de varias cosas hasta que el jet aterrizó en Houston después del anochecer. Embarcaron en un helicóptero que los esperaba y que tenía el logo de Colton.

Mientras atravesaban el Golfo volando, el agua parecía negra, pero los yates tenían luces. Abby trató de averiguar a cuál de ellos se dirigían. Entonces vio un gigantesco yate de lujo que parecía un pequeño barco de crucero. Tenía las luces de todas las cubiertas encendidas, y cuando se acercaron más, distinguió la piscina en la cubierta superior y el helipuerto en la popa.

—¿Ése es tu yate? —preguntó Abby—. ¡Pero si es un crucero, Nick!

—Es cómodo y lo suficientemente grande para que pueda ir cuando quiera.

Tomaron tierra en el helipuerto y Nick le rodeó la cintura con las manos para ayudarla a bajar. Ella apoyó los brazos en sus antebrazos, sintiendo sus músculos y mirándolo a los ojos mientras él la colocaba con facilidad sobre la cubierta. El contacto resultó eléctrico, y Abby se olvidó de lo que la rodeaba y de todo lo demás durante unos minutos. Mientras lo miraba y Nick seguía sujetándola por la cintura, se encendieron chispas entre ellos. Cuando por fin ella dio un paso atrás, Nick la agarró del brazo.

–Te enseñaré todo esto.

Mientras caminaban por el yate, Abby estaba asombrada por el tamaño y el lujo. El salón principal era de caoba y lujoso cuero marrón. Un ascensor conectaba las cinco cubiertas, y finalmente, Nick la llevó a un opulento camarote.

–Éste es el camarote del armador, donde yo duermo –dijo tomándola de la mano para ayudarla a entrar–. Es muy cómodo.

–¿Cómodo? ¡Es suntuoso! –dijo mirando a su alrededor. El camarote estaba decorado en beige y contaba con una cama de matrimonio, una gran televisión y mobiliario de cuero y caoba.

Nick le rodeó los hombros con los brazos para guiarla a través del camarote.

–Éste es mi despacho –dijo deteniéndose mientras ella miraba otra zona espaciosa con todo el equipamiento de oficina necesario–. Tengo bar, jacuzzi en el baño, videoconferencia y mi propio balcón privado –comentó guiándola a través de unas puertas de cristal.

Abby salió al exterior con él, consciente de que tenía todavía su brazo en los hombros y de su cercanía mientras observaba la gigantesca terraza con hamacas y plantas tropicales.

—¡Nick, esto es digno de un rey!

Él se rió y le acarició suavemente la nuca mientras le quitaba el brazo de los hombros. Cada contacto aumentaba su deseo y Abby supo que debía ser cauta.

—No sé nada de la realeza, pero a mí me viene bien. Quería un yate del que pudiera disfrutar sin tener que preocuparme de nada —volvió a tomarle la mano—. Ahora, subamos a bailar bajo las estrellas. No creo que haga mucho calor.

Abby lo miró y sintió que el corazón le latía con más fuerza. Nick tenía las facciones rudas, pero su encanto sensual y aquellos ojos marrones de largas pestañas lo convertían en el hombre más atractivo que había visto en su vida. Su aspecto hacía que se olvidara del rival profesional que era.

—Un penique por tus pensamientos —comentó él alegremente observándola con su oscura mirada.

—Sólo estoy admirando tu yate —respondió Abby, que no quería volver a tocar el tema del trabajo.

—¿Y por qué no me lo creo? —aseguró Nick con expresión divertida—. Creo que haría falta algo más que este yate para impresionarte. Me da la impresión de que eres una persona pragmática, más interesada en el lado serio de la vida que en divertirse. ¿Me equivoco?

—Tendría que pensarlo, pero seguramente tienes razón —respondió Abby sin querer pensar que había dado completamente en el clavo–. Vivo dedicada a mi trabajo, y llevo una vida de lo más predecible.

Subieron en el ascensor hasta la cubierta superior y salieron a la brisa fresca, dirigiéndose hacia una pequeña banda que tocaba música suave.

–¡Tienes una banda a bordo! –exclamó Abby.

–Todos forman parte de la tripulación y llevan a cabo otras tareas, pero cuando puse un anuncio buscando personal, especifiqué que tendría en cuenta la habilidad para tocar un instrumento.

–Veo que has pensado en todo –murmuró ella mirando una mesa cercana con queso, fruta y postres.

–Espero que sí. Quiero que disfrutes de una gran velada. Mi propósito es complacerte.

–Y lo harás si no me presionas demasiado –respondió Abby con una sonrisa.

–Sirvámonos algo de beber y luego bailaremos.

Le pidieron unas margaritas al camarero y luego Nick la atrajo hacia sí para bailar con ella una conocida balada. Consciente de que su brazo la rodeaba, Abby se movió fácilmente con él. Aquel contacto cercano, el continuo roce, el intercambio de miradas… todo hizo que se le acelerara el pulso.

–Esto es maravilloso, Nick –aseguró suavemente mientras bailaban en la cubierta superior.

–Confiaba en que te gustara –respondió él.

–¡A quién podría no gustarle este fabuloso yate! –exclamó Abby–. Creo que me estás empezando a conocer mejor de lo que nunca creí posible.

–Y por ahora me gusta lo que estoy descubriendo –murmuró Nick estrechándola entre sus brazos.

Ella guardó silencio y se dejó llevar por el abrazo. Deseaba besarle y sintió una emoción como nunca antes había experimentado. Tal vez había tomado demasiado vino, pero sabía que no se trataba de eso, sino del carismático hombre que la estaba abrazando.

–Será mejor que no pienses en una amistad verdadera, porque sabes que eso es imposible entre nosotros. Somos rivales, Nick, y eso no va a cambiar.

–Ya hemos hablado bastante de trabajo. Se acabó por esta noche, ¿recuerdas? –preguntó él inclinándose para mirarla.

–Eso me resulta difícil –respondió Abby en voz baja, consciente de que había sido un error sugerir que no hablaran de trabajo.

Mientras Nick daba vueltas con ella, Abby se colgó de sus hombros y le sonrió. Los fuertes brazos de Nick le agarraban la cintura. Comenzó a desear que aquella velada no terminara nunca.

–¿Quieres sentarte un rato o seguir bailando? –le preguntó él entre canción y canción.

–Quiero seguir bailando. Se está de maravilla aquí fuera –aseguró mirando las luces de los demás yates anclados en la bahía–. No sé por qué trabajas tanto. Yo me quedaría a vivir en este maravilloso yate, navegaría y disfrutaría de la vida.

–Si pudiera ser contigo, tal vez lo haría –murmuró Nick deslizándole el dedo por la nuca, aumentando así su deseo–. Cuando estoy aquí solo me siento inquieto.

–Tengo la sensación de que no sueles estar solo

en este yate –murmuró Abby deslizando la mirada hacia sus labios sensuales.

–¿Y qué tendría que hacer para conseguir que dejaras de pensar en el trabajo durante un rato?

–Ahora no estoy trabajando –respondió ella.

–Pero esta noche has recibido una llamada profesional.

–Ha sido muy corta, y se trata de un proyecto en el que he trabajado mucho tiempo –aseguró con naturalidad, pero al instante deseó no haber dicho nada. No quería que Nick supiera ni el mínimo detalles respecto a sus asuntos laborales.

Para su alivio, Nick comenzó a hablar a de su afición a volar, contándole cuántos aviones tenía y lo mucho que le gustaba estar en el aire. Luego hablaron de cuánto le gustaba el tenis a Abby, y después de otros asuntos. Y durante todo el tiempo, Nick siguió encandilándola. Salieron a bailar una pieza y saborearon sus margaritas.

Más tarde, cuando comenzó una balada lenta, Nick la estrechó contra sí y se mantuvieron en silencio. Era una noche mágica, y ella quería atesorar cada instante. En aquel momento lo deseaba, se moría por sentirlo y besarlo. Le sorprendía la respuesta física que despertaba en ella, porque nunca había sentido por un hombre algo tan intenso. Se recordó a sí misma que estaba poseída por el deseo y trató de agarrarse a su precaución habitual, pero aquella noche se estaba convirtiendo en algo inolvidable. El jet y el yate eran espectaculares, la comida fabulosa, pero lo más especial de todo era el propio Nick. Así resultaba imposible ser práctica.

Mientras bailaban agarrados, la tensión entre ellos iba creciendo. Abby estaba deseando estrecharlo entre sus brazos y besarlo. Estaba perdiendo la batalla de tratar de verlo como un enemigo. Un mechón de cabello negro le colgaba por la frente, y ella se moría por apartárselo con los dedos.

Cuando terminó la pieza, los músicos se tomaron un descanso y Nick y ella se acercaron a la baranda. Abby observó cómo las pequeñas olas oscuras chocaban contra el casco del barco.

—No quiero saber qué hora es. Todavía tenemos que volver a Dallas y a la realidad —le recordó.

—¿Por qué tenemos que irnos?

Sorprendida, Abby alzó la vista y se lo encontró mirándola. Nick le rozó suavemente el hombro y le pasó el brazo por la cintura, atrayéndola hacia sí.

El corazón de Abby latía con fuerza cuando él se inclinó. La boca de Nick rozó la suya y luego se asentó firmemente en ella. Cuando sus labios se encontraron, se desencadenaron fuegos artificiales en su interior. La lengua de Nick jugueteaba sobre la suya, alentando los fuegos que llevaban toda la noche elaborándose. Abby le echó los brazos al cuello y lo besó apasionadamente a su vez.

Aquel dulce tormento fue en aumento cuando Nick la estrechó con más fuerza y presionó la prueba de su excitación contra ella. Sus besos resultaban electrificadores.

El deseo de Abby iba en aumento. Nick estaba

inclinado sobre ella sujetándola con fuerza, explorando y acariciándola con la lengua, dejando claras sus intenciones. Entonces se incorporó y la movió entre los brazos, deslizando la mano para cubrirle un seno. A través de la fina tela de la ropa, su caricia encendió una nueva llamarada que abrasó la última de las barreras de Abby. Gimiendo de placer, lo besó mientras él le acariciaba la suavidad de su seno. Nick deslizó la mano en el escote de su vestido y bajó los dedos para apartar el encaje del sujetador y cubrirle el pecho. Abby volvió a gemir de placer y se perdió durante un instante ante sus caricias y su boca. Nunca le habían resultado tan excitantes los besos de ningún hombre. Tenía los sentidos anulados por un tormento caliente que la hacía desear más y más de él.

Mientras lo besaba con el corazón latiéndole a toda prisa, Abby le pasó las manos por el cabello.

Nick se detuvo y le sujetó el rostro con sus manos firmes y cálidas. Ella hizo un esfuerzo por abrir los ojos y mirarlo.

–Quédate conmigo –susurró Nick en tono ronco–. Tomémonos unos días libres para navegar hasta mi villa, que queda hacia el sur. Puedes no ir a trabajar la semana que viene. Esta noche, sólo por una vez, déjate llevar por mí.

# *Capítulo Tres*

A Nick se le aceleró el pulso mientras esperaba su respuesta. Volvió a revivir el momento en el que había abierto la carta de la organización solidaria y vio que iba a trabajar con Abby Taylor, la hija de su mayor enemigo, el hombre al que despreciaba infinitamente y contra el que había luchado durante demasiado tiempo.

Cuando Abby entró aquella mañana en la sala de juntas, estaba impresionante con aquella blusa amarilla y los pantalones vaqueros. Llevaba su salvaje cabello castaño rojizo recogido en lo alto de la cabeza. Parecía serena y segura de sí misma, y representaba para él el máximo afrodisíaco: una mujer guapa y de éxito. Nada más verla sintió el mismo deseo primario que se apoderaba de él cuando divisaba una presa al cazar, aunque a otro nivel. Deseaba a Abby, quería hacerle el amor. Además, era todo un reto, porque ella lo veía como alguien a quien debía evitar, un enemigo. Los restos siempre le habían excitado, y se había encontrado con pocos en su vida. Sí que tener uno envuelto en un cuerpo sensual le subía la temperatura.

Pero ni el aspecto de Abby ni el fuego y las chispas que había entre ellos eran comparables con la verdadera razón por la que quería poseerla: la venganza.

¿Qué mejor modo de cobrársela a su viejo enemigo que seduciendo a su hija?

Aquella velada estaba preparada para cumplir aquel propósito, todo estaba encaminado a seducirla. Nick contuvo la respiración mientras esperaba su respuesta. Quería que ella aceptara. Confiaba en navegar con ella y pasarse los siguientes tres días seduciéndola. La mera idea le hizo ponerse duro.

Se inclinó para pasarle la mano por la nuca, observando cómo respiraba agitadamente. El mínimo contacto la estimulaba y sus respuestas excitaban a Nick. Seguramente sería muy apasionada.

–Ha sido una velada maravillosa, Abby. Vamos a alargarla –deseaba volver a provocarla, pero guardó silencio y esperó.

Sorprendida por la invitación, Abby miró los hipnotizadores ojos de Nick, que brillaban tentadores.

La perspectiva de navegar con él la atraía como el envoltorio de un regalo. Deseaba dejar todo a un lado y quedarse con él. Era el hombre más sensual que había conocido en su vida. Recordó su promesa de llevarla a casa en cuanto ella lo pidiera, y supo que aquél era el momento si de verdad quería irse. El noventa por ciento del tiempo se mostraba realista y cauta, pero aquella noche quería dejar a un lado la prudencia y aceptar lo que Nick le ofrecía. Tenía la sospecha de que, si no lo hacía, lo lamentaría para siempre.

–Déjate llevar, Abby –murmuró él depositándole otro beso en los labios–. Una parte de ti desea quedarse, mientras que la más cauta se defiende. Yo no voy a presionarte.

–No puedo cambiar mi manera de ser, Nick, y soy precavida. No puedo acostarme contigo después de haberte conocido apenas esta mañana.

–Entonces no lo hagas. Sólo navega conmigo y ya veremos dónde nos lleva.

Mirándose en sus grandes ojos, Abby deseó hacer el amor allí mismo con él, pero llevaba veintiséis años así y no podía cambiar.

Tenía la sensación de que Nick no estaba acostumbrado a recibir un no por respuesta de las mujeres, pero eso era lo que ella tenía que hacer. Sacudió la cabeza.

–Si nos besamos, y lo vamos a hacer, no querrás dejar de hacer el amor.

–Diablos, no, pero es más importante lo que tú quieras. Haré lo que desees.

–Nick, tengo que conocerte mejor antes de seguir adelante con esta relación.

–Ha sido una noche fabulosa, Abby. Seamos espontáneos. Lo único que tienes que hacer es decirme cuándo quieres que pare. Eso es todo. Quiero pasar más tiempo contigo.

Era una oferta imposible de rechazar. Con el corazón latiéndole a toda prisa, se puso de puntillas y le echó un brazo al cuello para besarlo.

El brazo de Nick le rodeó la cintura y se inclinó sobre ella, besándola apasionadamente. Entonces se detuvo bruscamente y la tomó de la mano mientras sacaba el teléfono móvil y hacía una llamada.

–Pierson, ya hemos acabado con el baile por esta noche. Dejadnos solos y despejad la cubierta superior. Dile a Riedel que tome dirección sur, hacia mi villa –ordenó Nicky antes de colgar y guardarse el teléfono de nuevo en el bolsillo. Llevó a Abby en brazos hasta dejarla de pie al lado de una tumbona. Entonces la rodeó con sus brazos y la besó. El corazón de Abby latía con fuerza. La boca de Nick cubrió la suya y ella gimió. Lo rodeó con sus brazos mientras le hundía los dedos en el cabello, sujetándolo con fuerza mientras su lengua rozaba la suya. Las luces se apagaron a su alrededor, pero la luna los iluminaba ligeramente, así como las velas que había sobre la mesa. Mientras se besaban, el deseo de Abby iba en aumento. Apenas fue consciente de que él le bajó la cremallera del vestido y se lo bajó de los hombros.

–Nick –susurró inclinándose un tanto hacia atrás–. Estamos fuera.

–Y totalmente solos, te lo prometo. Pierson hace muy bien su trabajo. La noche está fresca, y se está mejor aquí que en el camarote –replicó Nick con voz cada vez más ronca–. Eres preciosa –susurró cubriéndole los senos con sus largas manos mientras trazaba círculos en sus tirantes picos. Abby se colgó de sus fuertes brazos gimiendo suavemente de placer y olvidándose de todo lo que había alrededor. Ya no le importaba nada excepto Nick y su maravilloso cuerpo. Deseaba acariciarlo, sacarle la

34

camisa de los pantalones y desabrocharle los botones para recorrer su esculpido pecho con las manos. Nick aspiró con fuerza el aire y su torso se expandió. Ella le acarició suavemente el vello del pecho. Nick gimió y la atrajo hacia sí para besarla apasionadamente con la lengua.

Abby sentía flaquear las rodillas, se derritió cuando él le apretó las caderas y su dura erección se apoyó contra su cuerpo. Los besos de Nick la excitaban como los de ningún hombre. Sujetándola con un brazo, le deslizó la otra mano por el cabello para levantarle la cabeza y mirarla a los ojos.

–Te deseo –le dijo con voz ronca.

Abby se apretó con más fuerza contra él, sintiendo que no podría cansarse nunca de sus besos, consciente de que a cada minuto que pasaba estaba forjando unos lazos con Nick que podrían atar fácilmente su corazón.

Y él estaba saltando a una velocidad de vértigo todas las barreras que Abby había puesto. La fría lógica de la que se rodeaba no le servía de protección. Nick le desabrochó el sujetador y se lo quitó, cubriéndole de nuevo los senos e inclinándose para recorrerle el pezón con la lengua.

–Preciosa, eres preciosa –susurró tomándose su tiempo para besarle y acariciarle los senos.

Abby se agarró de sus hombros y lo apartó para mirarlo con seriedad.

–Para un poco y deja que recobre el aliento. Sabes que te deseo, pero si voy a salir a navegar contigo, tendremos tiempo para conocernos el uno al otro.

Nick asintió y Abby se apartó de él, tirando hacia abajo del vestido.

–¿Dónde está el lavabo? –preguntó, consciente de que debía enfriar las cosas entre ellos.

–A la derecha del ascensor –respondió él, y Abby se alejó a toda prisa. Una vez dentro, observó su desaliñada apariencia y se subió la cremallera del vestido, atusándose el cabello con los dedos antes de volver al lado de Nick.

Él no se había puesto la camisa. En cuanto la vio llegar, se levantó y agarró un vaso con algo helado.

–Es té, pero también tengo vino, daiquiris, margaritas o lo que quieras.

–El té está bien –respondió Abby bebiendo.

Él la tomó de la mano y la llevó a la tumbona.

–Ven, siéntate conmigo y hablemos.

Abby se apartó y fue a tomar asiento en la tumbona que estaba a su lado.

–Si nos sentamos juntos, en menos de tres minutos estaríamos otra vez besándonos. Mejor hablamos un rato. Vamos a tomarlo con calma. Con calma –repitió tanto para Nick como para sí misma.

Nick se sentó en la tumbona de al lado, aunque lo suficientemente cerca como para poder rozarla.

–Oí que mencionabas una villa. ¿Hacia dónde nos dirigimos? –preguntó Abby.

–Poseo una pequeña isla en la Costa del Golfo. Se llega fácilmente y creo que te gustará.

–Me gusta todo. Es fabuloso, y este yate es como un sueño. No veo razón para bajarse de él mañana.

–Podemos hacer lo que tú quieras. Por la tarde podríamos hacer submarinismo.

–Nunca lo he probado.

–Entonces te vas a llevar una gran sorpresa –aseguró Nick–. Los peces tropicales son fascinantes.

–No tengo traje de baño, pero supongo que te habrás hecho cargo de ese contratiempo.

Nick sonrió y le acarició los brazos desnudos.

–De hecho sí. Tengo un surtido de bañadores sin estrenar, en todos los tamaños y estilos, que se compraron para una ocasión como ésta. Vestidos, trajes, pantalones, trajes de baño… hay casi una pequeña tienda a bordo para que no tengas que comprarte nada. Puedes ir a escoger lo que quieras. Esta noche tal vez podríamos nadar sin traje de baño.

–Esta noche no, Nick –respondió Abby sonriendo–. Sé exactamente dónde nos llevaría eso.

Siguieron charlando, y ella hizo un esfuerzo por concentrarse en las respuestas de Nick. Le estaba hablando de su infancia.

–Mis padres se peleaban constantemente. Creo que por eso mi hermano y yo somos tan reacios a casarnos.

–El hecho de que tus padres discutieran no significa que vosotros tengáis que hacer lo mismo –argumentó Abby con cierta sorna–. Eso es una excusa para seguir siendo un donjuán y no sentar la cabeza, Nick.

Pero él no sonrió y negó firmemente con la cabeza.

–Nuestra casa era un infierno, discutían todo el tiempo. Mi salvación fueron mis amigos del colegio, Ryan Warner y Jake Thorne. Los tres éramos inseparables.

–Eso es maravilloso. A mi mejor amiga, Emmaline, la conozco desde segundo curso. La confianza es algo vital, y por eso los buenos amigos son tan importantes –Abby miró a su alrededor–. Hace una noche preciosa. Sin luz se pueden ver fácilmente las estrellas.

–¿Qué te parece si me siento a tu lado y miro las estrellas contigo? –preguntó Nick acercándose a su hamaca.

–En cuanto nos toquemos nos olvidaremos de las estrellas.

–Te prometo que pasaré al menos dos minutos observando el cielo –aseguró deslizándose a su lado y estrechándola entre sus brazos–. Las estrellas nunca han sido tan hermosas.

–Tú sigue mirando al cielo –le dijo Abby con dulzura alzando la vista para mirarlo, consciente de que estaba sucumbiendo a sus encantos. Cuando finalmente se puso de pie, pasaban ya de las cuatro de la mañana.

–Nick, quiero irme a dormir… sola. Ya te he dicho que no puedo precipitarme a la cama contigo.

Nick se puso de pie y le pasó con naturalidad el brazo por los hombros.

–Ya lo sé. Esta noche nos iremos a dormir cada uno a nuestro camarote, solos y abandonados.

–Si estás intentando darme pena, no lo vas a conseguir –aseguro Abby sonriendo.

Nick le mostró su camarote, que estaba cerca del suyo y parecía casi tan grande y lujoso.

–Creo que en los cajones del armario encontrarás todo lo que necesites. Yo estoy aquí al lado. Cuando quieras puedes venir –dijo estrechándola entre sus brazos. Abby le echó los brazos al cuello para besarlo, y transcurrió otra media hora antes de que lo apartara de sí y le dijera buenas noches.

Lo vio marcharse y se preguntó si estaría molesto. Tenía la sospecha de que ninguna de las mujeres que había llevado a navegar lo habían dejado durmiendo solo. Exhalando un suspiro, Abby apagó las luces, se quitó el vestido y se tumbó en la cama.

A la mañana siguiente, se dio una ducha, se envolvió en una gruesa bata de terciopelo que encontró en el camarote y fue en busca de esa ropa sin usar de la que Nick dijo que podía disponer. Uno de los auxiliares del barco le dio las indicaciones, y Abby entró en un camarote que parecía una tienda, sólo que sin dependientes ni caja registradora. En cuestión de minutos tenía una pequeña provisión de ropa para el fin de semana. Estaba asombrada por la variedad de prendas que había disponibles y se preguntó a cuántas invitadas habría agasajado Nick de aquella manera desde que adquirió el barco.

Abby se puso unos pantalones cortos azul pálido y una camisola de encaje combinados con unos zapatos de barco y se ató la melena detrás del cuello. Sonó su teléfono. Era Nick, que la esperaba en la cubierta superior para que pudieran desayunar juntos. Ella le dijo que enseguida subía y guardó el teléfono, mirándose por última vez antes de salir. Cuando salió del ascensor, Nick ya la estaba esperando. Llevaba puestos pantalones de algodón y una camiseta de punto. Abby se quedó sin respiración ante lo viril de su apariencia. Nick se le acercó sin apartar los ojos de ella. Cuando llegó a su lado, se acercó lo suficiente para colocarle las manos en los hombros desnudos.

–Eres la tentación personificada –le dijo con voz ronca guiándola hacia la mesa para disfrutar de un suculento desayuno. Cerca había un bufé con melones verdes, kiwis, una gran variedad de frutas tropicales, beicon, jamón rosado, apetitosos huevos revueltos y una cafetera llena de café humeante.

Tras un maravilloso desayuno, Nick se la llevó a dar una vuelta por el yate, que incluía una visita a la cocina de mármol y acero, el comedor para cuarenta personas, un gimnasio con piscina cubierta, sala de billar y un teatro.

A mediodía echaron el ancla en el Golfo, a varios cientos de millas de la isla de Nick y tomaron un bote para llegar hasta el muelle. Cuando se dirigían hacia la isla, el bote se balanceaba ligeramente entre las olas mientras el sol les bañaba la piel. El agua cristalina chocaba contra la playa blanca que brillaba bajo el sol. Varios metros más atrás de la playa, unas palmeras altas rodeaban la villa encalada y Abby sintió que estaba en un sueño. Nick le tomó la mano y ella le sonrió.

Nick se bajó del bote y la ayudó a descender. Abby caminó a su lado hacia la villa. La buganvilla roja caía por el tejado hacia el porche y el aroma de los hibiscos rosas y amarillos inundaba el aire de los bien cuidados jardines. Nick la llevó dentro para darle una vuelta por las habitaciones abiertas inundadas por el sol, la suave brisa y llenas de muebles cómodos y brillantes colores. El recorrido terminó en la habitación principal que daba a la playa.

–¡Nick, esto es fabuloso! –exclamó Abby saliendo a la blanca arena–. ¡Qué bonito! ¡Tu propio fragmento de paraíso! –se giró para mirarlo–. No voy a querer volver a la vida real.

–Sí querrás –aseguró Nick acercándose y colocándole las manos en los hombros–. El trabajo te vuelve loca, Abby. Yo también he leído artículos sobre ti en la prensa.

Ella ladeó la cabeza para observarlo.

–¿Y por qué lees sobre mí? –preguntó sorprendida.

–Me interesan mis competidores. Hay que conocer al enemigo, como dice el viejo dicho.

Abby se lo quedó mirando fijamente, preguntándose lo agresivo que sería. Pero apartó de sí aquella visión de Nick, porque hasta el momento había sido fabuloso: atento, sensual, encantador y seductor. Aquél era un fin de semana de paréntesis en su vida. Un tiempo con Nick que no volvería a repetirse.

–A veces se me olvida que tú juegas en la liga de los tigres, los lobos y los tiburones. En el aspecto profesional, sí me creo la palabra que más he oído que utilizan para describirte: despiadado.

–Eso no es justo –dijo él apretando las mandíbulas–. ¿Es así como me describirías por este fin de semana?

–¡Oh, no! Mi opinión sobre ti ha cambiado drásticamente, Nick. Nunca volveré a verte como el hombre que describí cuando nos conocimos el sábado por la mañana.

–Me alegra oír eso –dijo relajándose una vez más–. Aquí estamos solos, Abby. La tripulación ha regresado al yate. Podemos seguir en contacto con ellos por teléfono o a través de los walkie-talkies. Esta playa es completamente privada, así que… ¿te apetece darte un baño?

–Claro –respondió Abby sintiéndose como en un sueño. El tiempo que había pasado con Nick había sido maravilloso, diferente a todo lo que había vivido.

–Pero antes de que nos cambiemos, tengo una idea mejor –dijo él bajando la voz y deslizándole la mano por la cintura. Dirigió la mirada hacia su boca y el corazón de Abby volvió a latir con fuerza.

# *Capítulo Cuatro*

El deseo la abrasaba. Abby se moría por aquel hombre alto, excitante y prohibido. Nick era sexy, atractivo, y lo quería todo de él. Hacer el amor con él sería algo único en su vida. Abby alzó la cabeza y le deslizó la mano alrededor del cuello.

En sus ojos brillaba la satisfacción, se inclinó para cubrirle la boca con la suya. Exhalando un tenue gemido, Abby se apretó contra él. Nick la agarró de la cintura, estrechándola con su cuerpo mientras le deslizaba lentamente la lengua en la boca.

Las sensaciones se apoderaron de ella mientras le deslizaba los dedos por el grueso cabello y con la otra le agarraba firmemente el trasero. Luego subió la mano hacia su muslo, girándose un tanto para poder llegar al cinturón.

–Te deseo, Nick –aseguró alzando la cabeza.

Él dio un paso atrás para quitarle la camisola y tirarla. Abby no llevaba nada debajo, y Nick aspiró con fuerza el aire mientras se quitaba su propia camisa sin apartar la vista de sus senos.

En cuando Nick se despojó de la camisa, le cubrió los senos con las manos, haciéndole círculos suaves con los pulgares. Se inclinó para introducirse uno de sus pezones en la boca, despertando en ella una tormenta de deseo.

Abby siguió intentando quitarle el cinturón hasta que consiguió deslizarle los pantalones por las estrechas caderas. Luego se quitó los pantalones cortos, que cayeron en sus tobillos, pero ella sólo era consciente de la lengua y las manos de Nick.

–¡Eres preciosa! –susurró agarrando con los pulgares el delicado tanga que llevaba puesto para quitárselo.

–Te deseo, Nick –volvió a murmurar Abby acariciándole el pecho y deslizando luego la mano para quitarle los calzoncillos. Su virilidad estaba dura y lista.

Nick la agarró en brazos y la colocó sobre la cama, donde se arrodilló a su lado para acariciarla y besarla, pasándole primero la lengua por el cuello mientras bajaba la mano. Retorciéndose bajo su contacto, Abby le pasó la mano por el cuello y se incorporó para besarle. Él volvió a colocarla suavemente sobre la cama.

–Deja que te bese –susurró Nick. Ella lo miró, acariciándole el cabello negro y deleitándose en la vista de su cuerpo fuerte y desnudo hasta que la sensación la obligó a cerrar los ojos y arquear la cadera.

–Ven aquí, Nick –jadeó. Pero él le sujetó con delicadeza el hombro y le besó los pechos, primero el uno y luego el otro, mientras jugueteaba con su mano entre los muslos, llevando su deseo a un punto insoportable.

Nick se detuvo y la miró a los ojos mientras le acariciaba dulcemente la nuca.

–Quiero excitarte hasta que pierdas todo ese control frío que tienes.

Sus palabras encendieron el fuego que la atormentaba y lo rodeó con los dedos, acariciando su vara antes de recorrerla con la lengua. Nick se levantó de la cama y la ayudó a sentarse en un extremo. Luego se colocó delante de ella, abriéndole las piernas y colocándose entre ellas.

Abby le deslizó muy despacio la lengua, agarrándole con las manos el duro trasero y los muslos musculosos. Nick soltó un gemido y la levantó para estrecharla entre sus brazos y besarla con tal intensidad que Abby creyó que iba a devorarla. El deseo de Nick resultaba arrollador, su fuerza la maravillaba. Volvió a colocarla sobre la cama y esta vez se sentó a su lado y le besó un seno mientras que con la mano le acariciaba el interior de los muslos.

La besó desde la boca a la punta de los pies, creando una estela de besos húmedos que fueron en aumento. Luego la colocó boca abajo y le cubrió la espalda de besos. Las manos de Nick la acariciaban mientras su lengua hacía lo mismo, y Abby gritó su nombre desesperada. Ahora no podía pararse, y ya no había vuelta atrás. Quería llevar a Nick al mismo punto de deseo que ella estaba experimentando.

\*\*\*

Nick no se cansaba de mirarla, de besarla y acariciarla. Se moría por estar envuelto en su suavidad, pero Abby era demasiado maravillosa para precipitarse. Quería saborear cada minuto y hacer que durara porque aquélla era la aventura amorosa más fantástica que había vivido jamás.

La excitación se apoderó de él. Abby era un bombón, era perfecta. Tenía por delante un largo fin de semana y su intención era aprovecharlo al máximo. Cuando regresaran a Dallas, quería llevarse el corazón de Abby como trofeo para añadirlo a su último encontronazo profesional con Gavin Taylor. La venganza era algo delicioso, mejor que el mejor de los vinos.

Le cubrió de besos el interior de la muñeca y la palma de la mano. Olía maravillosamente bien. Todo en ella le resultaba interesante, era más excitante que cualquier otra mujer que hubiera conocido.

Gruñendo de placer, le acarició las voluptuosas curvas y volvió a tocarla íntimamente, descubriendo cómo obtener de ella la mejor respuesta. Quería que se entregara por completo. La conquista del enemigo le llevaba a unas cotas de excitación nuevas para él. Volvió a gemir cuando ella se incorporó para deslizarle la lengua por su virilidad muy despacio, mirándolo. Luego lo tomó completamente en su boca. Nick se sintió invadido por una tormenta de sensaciones. Cambiando de posición, se colocó las piernas de Abby sobre los hombros para tener un mejor acceso a ella. Inclinó la cabeza para dirigir su lengua hacia donde antes habían estado sus dedos y Abby gimió mientras arqueaba las caderas. Se movió frenéticamente y la atrajo hacia sí.

–Hazme el amor. Ven aquí –gritó.

Nick le bajó las piernas y se acercó a un cajón de la mesilla de noche para sacar un preservativo. Se puso recto, arrodillado entre sus piernas sin dejar de mirarlas mientras se lo colocaba y volvía a inclinarse. Su mástil la rozó ligeramente y luego entró en ella para después retirarse. Un tormento todavía mayor se apoderó de Abby.

–¡Hazme el amor, Nick! –susurró agarrándose de sus poderosos hombros mientras él se deslizaba despacio en su interior. En aquel momento creyó que iba a perder el control, pero se contuvo. El sudor le bañaba la frente. Abby gimió y se revolvió salvajemente mientras agarraba con fuerza el trasero de Nick y lo atraía hacia sí. Él se retiró y esperó unos instantes antes de volver a embestirla. Abby movió las caderas, quería que él perdiera toda precaución y se perdiera en la pasión, tal y como le sucedía a ella. Nick seguía entrando y saliendo de su cuerpo. El corazón le latía con fuerza y tenía los ojos cerrados. Unas luces brillantes hicieron explosión tras sus párpados mientras el pulso se le aceleraba y ella emitía unos gemidos hasta que la boca de Nick cubrió la suya.

Finalmente él perdió el control. Exhalando un gemido, entró profundamente en ella y Abby se vio transportada con él, alcanzando un clímax que la inundó por completo.

–¡Nick! –Abby gritó su nombre, abrazándolo

con fuerza mientras movía las caderas y se dejaba llevar por las olas de sensación provocadas por el éxtasis.

Nick se estremeció ante su propio alivio y finalmente se detuvo. Entonces le cubrió el rostro de besos dulces y se colocó de costado, atrayéndola hacia sí.

–Ah… Ha sido perfecto, Abby. Mejor de lo que nunca soñé. El mejor sexo de toda mi vida.

Ella sonrió y lo miró, deslizando un dedo por su boca sensual.

–Me has seducido, me has hecho perder el sentido común.

–No me arrepiento de nada, y espero que tú tampoco –susurró Nick–. Eres fantástica –la besó apasionadamente en la boca, haciéndole creer cada palabra que había dicho.

–No quiero que acabe este fin de semana –susurró–. Es algo mágico.

–No podría estar más de acuerdo –añadió Nick jugueteando con su cabello–. Eres la mujer más sensual que he conocido en mi vida.

–Nick, eres el segundo hombre que he tenido en mi vida. El otro fue hace mucho tiempo, cuando estaba en la universidad –confesó Abby, y vio cómo algo se movía en lo más profundo de sus ojos.

Nick se inclinó hacia delante y la besó.

Su beso fue como una afirmación de su cercanía y de lo a gusto que estaban juntos. Finalmente levantó la cabeza para mirarla mientras le apartaba el cabello de la cara.

–Eres fantástica, Abby. Recordaré estos momentos toda mi vida.

–Tal vez, Nick –sonrió ella–. No se puede saber lo que será o no será importante o lo que se recordará dentro de unos años. Y por muy fantástico que sea esto –dijo acariciándole la mejilla con la palma de la mano–, no tenemos ningún futuro juntos. Nada puede cambiar el hecho de que somos rivales. Mi padre y tú sois enemigos irreconciliables. Este fin de semana es el primero y el último.

Nick le puso un dedo en los labios.

–Sssh, Abby. No vayas por ahí ahora. Estamos inmersos en la burbuja de nuestro propio paraíso. Déjame disfrutar del momento, y espero que tú también puedas hacerlo.

Ella sonrió y le acarició el pecho, deslizando la mano hasta su cadera.

–Estoy totalmente de acuerdo. Vivamos el momento. Es la mejor noche de mi vida.

–¿Y qué te parecería darte la mejor ducha de tu vida? –le preguntó Nick con una sonrisa. Ella se rió.

–¿Qué tienes en mente? –le preguntó.

Nick se puso de pie y la agarró. Tenía el cuerpo cálido y Abby se colgó de él mientras le cubría el rostro de besos hasta que Nick se giró para besarla a su vez. En cuestión de minutos, supo que estaba otra vez excitado. Abby se detuvo y aspiró varias veces el aire con dificultad.

–Vamos a besarnos, Nick.

Él la agarró en brazos y la llevó al gigantesco cuarto de baño, donde entraron en una ducha rodeada de cristal. Nick la puso en el suelo mientras abría el agua caliente.

Se enjabonaron el uno al otro, pero con cada caricia su mutuo deseo iba en aumento hasta que Nick la subió a horcajadas para volver a hacerle el amor.

El placer se apoderó de Abby mientras se agarraba a sus poderosos hombros y se movía con él.

–¡Nick! –gritó antes de besarlo apasionadamente.

Después de ducharse y secarse el uno al otro jugueteando, volvieron a la cama a refugiarse el uno en brazos del otro.

–¿Quieres ir a nadar? –le preguntó Nick.

–Todavía no –respondió ella con voz lánguida deslizándole una mano por el cuerpo–. Esto es mucho más interesante.

–Eso creo yo también –aseguró Nick jugueteando con sus mechones de pelo–. Tienes una pasión por la vida que me sorprende. Tu cabello salvaje es buena prueba de ello. Contradice tus trajes de chaqueta.

–Me encanta mi vida y los trajes de chaqueta aunque tú los encuentres aburridos. Me gusta mi trabajo, y como te he dicho, algún día me gustaría establecerme por mi cuenta. Aunque me daría miedo fracasar.

–Si fracasas, recoges las piezas y sigue adelante.

Abby suspiró y le acarició el vello del pecho.

–Tengo miedo al fracaso porque mi padre me lo restregaría por las narices. No soporta el fracaso.

–Eso es una tontería, y más en el mundo de los negocios. Deberías hacerte una coraza para que no te importe lo que él piense de ti.

–Debería, pero no puedo. ¿Tú le tienes miedo a algo, Nick? –preguntó alzando la vista para mirarlo.

Al ver que no respondía, se preguntó en qué estaría pensando.

–¿Así que hay algo con lo que te muestras precavido? No puedo imaginar de qué se trata...

–En lo más profundo de mi mente me asusta volver a ser pobre, aunque sé que no tiene sentido. No podría ni gastarme todo el dinero que he ganado –murmuró Nick con expresión sombría–. Cuando era niño me fui a la cama muchas veces pasando hambre. Mis padres bebían, y en eso se gastaban el dinero. Por eso tengo que seguir ganando dinero. Me gustaría dedicar más tiempo a obras solidarias. Tengo dinero más que suficiente, pero no pienso casarme, y mi hermano tampoco, así que no tengo a quién dejarle mi fortuna.

–Eso suena deprimente, Nick. Seguramente nunca te pelearás con tu mujer como lo hicieron tus padres, y te quedarás sin formar una familia. Tienes un hermano y estás muy unido a él. Espero que algún día cambies de opinión.

Nick sonrió y le acarició suavemente la mejilla.

–Noah y yo estamos construyendo un imperio internacional. Eso ocupa mi mente y todo mi tiempo –Nick la atrajo hacia sí para abrazarla–. Nunca le había contado a nadie estos sentimientos. Ya sé que es ridículo, pero no puedo evitarlo. Igual que tú no puedes dejar de preocuparte por tu padre –enredó uno de sus mechones rojizos alrededor de un dedo y se lo quedó mirando–. Supongo que ésa es la razón por la que me agarro a la Corporación Colton, mi primera empresa. Tengo otras compañías y las compro y las vendo, pero ésa siempre la conservo. Pero lo que ahora quiero hacer es volver a tomarte. Besarte y recorrerte entera.

–Eres insaciable –murmuró Abby sonriendo.

–Es porque tú me mantienes excitado, como si nunca hubiera hecho el amor –Nick suspiró y la colocó a un lado para cubrirle los senos con ambas manos–. Ah, Abby…

Aquella noche en el patio, mientras Nick hacía unos filetes a la barbacoa, Abby lo observó. Llevaba puesta una camisa blanca de punto y pantalones grises. Cada hora que transcurría le parecía más guapo.

Cuando estuvo en el yate buscando algo para ponerse había encontrado varios vestidos de algodón cosidos a mano por los nativos. Ahora llevaba puesto uno verde brillante con encaje blanco. Antes de la cena, Nick le había puesto en el pelo hibiscos amarillos y se había calzado con los zapatos de barco que tenía en el yate.

–¿Sigues pensando de mí que soy un tiburón? –preguntó él pasándole una margarita.

–¿A ti qué te parece? –preguntó Abby a su vez–. ¿Actúo como si estuviera con un lobo?

El deseo encendió los ojos de Nick y dio un paso adelante.

–Brindo por tu cambio de opinión y por una noche sensual –dijo alzando su copa.

–Tengo que añadir a tus cualidades la de ser un buen camarero –aseguró Abby dando un sorbo a la bebida–. Esto está delicioso.

–No es ésa la cualidad por la que quiero que me recuerdes –musitó él con malicia.

–Y no lo será. Recordaré tu carisma –admitió ella–. Y tu habilidad para… jugar –dijo finalmente.

Nick se acercó para acariciarle el cuello. Tenía los dedos cálidos y su caricia resultaba excitante.

–Recordaré tus besos ardientes, tu modo de seducirme y tu cuerpo fuerte.

–Ya está la cena –dijo Nick con voz áspera dejando sobre la mesa su bebida y quitándosela a ella de las manos. Luego la atrajo hacia sí para besarla.

A Abby le latía el corazón con fuerza. Lo deseaba, y la cena había dejado de importarle. Le daba lo mismo si se quemaba, y a Nick al parecer también.

Hicieron el amor en una tumbona mientras la carne se convertía en carbón y más tarde comieron filetes de pescado que Nick había preparado a la plancha.

–Mañana regresamos a casa –dijo Abby aquella noche tumbada en una hamaca entre sus brazos–. Es hora de regresar a la realidad, Nick.

–Pero no de decirnos adiós. Ven a cenar conmigo el miércoles por la noche –le propuso.

–No puedo –respondió Abby consciente de que ese día cerraba el acuerdo para el que llevaba más de medio año trabajando. Sería la mayor venta de

Propiedades Taylor, y confiaba en convertirse en vicepresidenta gracias a la operación. Sabía que cuando se cerrara el trato, tanto Quinn como su padre querrían salir a celebrarlo. Igual que el resto de los trabajadores de la empresa.

–El jueves me marcho de la ciudad –continuó diciendo Nick–. Volveré para el fin de semana. Quiero volver a verte.

–No sería buena idea –contestó Abby–. Ha sido un interludio maravilloso, pero no nos llevará a ninguna parte y ambos lo sabemos. Aun así, me alegro de haber pasado este tiempo contigo –susurró besándole suavemente en los labios.

Él la estrechó al instante entre sus brazos. La besó y Abby olvidó al instante sus planes.

Eran casi las doce de la mañana del día siguiente cuando el hambre la atacó con fuerza.

–Estoy hambrienta, Nick –dijo sonriéndole mientras estaba entre sus brazos.

–Yo también –respondió él con voz ronca besándole el cuello.

–No, me refiero a que quiero desayunar, comer o lo que sea.

–Ven aquí y ya pensaremos algo –insistió Nick con los ojos brillantes.

–No, de verdad que tengo hambre –repitió ella divertida.

–Muy bien. Tendrás que esperar mientras nos traen la comida del yate. Pero si quieres antes podemos ir a saquear la cocina, a ver si encuentras algo que te guste.

–Yo iré –aseguró Abby saliendo de la cama y poniéndose encima una bata de seda.

Nick la dejó marchar y ella tuvo la impresión de que estaba tratando de enfriarse antes de reunirse con ella. Unos minutos más tarde, Nick apareció en la cocina vestido con unos pantalones vaqueros ajustados que no le había dado tiempo a abrocharse, y el deseo de Abby se encendió.

Después de comer algo, aquella tarde salieron a bucear y a navegar a vela, y Abby se dio cuenta de que Nick disfrutaba de la vida como nunca lo había hecho su padre a pesar de su riqueza. Ni tampoco ella.

Volvieron a hacer submarinismo y luego regresaron al dormitorio de Nick a hacer el amor, donde permanecieron hasta el lunes por la tarde, cuando tomaron el bote para subirse al yate y dirigirse a Galveston. Por la noche volvió a ponerse el vestido negro y se reunió con Nick en la cubierta superior para cenar y bailar. Se negaba a pensar en decirle adiós.

Nick coqueteó y bromeó con ella. Las únicas luces que los rodeaban eran las de la piscina, y Abby se desnudó para nadar con él. Hicieron falta sólo unos minutos para que la atrajera hacia sí.

–Nick, esto es el auténtico paraíso –aseguró ella flotando en el agua.

–Ahora sí. Lo ha sido desde que te recogí para ir a cenar. Me alegro de que estés aquí conmigo.

Sintiendo cómo se le aceleraba el pulso, Abby le colocó las manos en los antebrazos antes de deslizarle la mano en la nuca para atraerlo hacia sí y besarlo.

Tenía el cuerpo húmedo, cálido, y su deseo se apretaba contra su vientre. Pronto estuvieron otra vez en una tumbona al lado de la piscina haciendo el amor, y después se metieron de nuevo en el camarote de Nick para volver a hacerle el amor.

El martes por la mañana, cuando estaban desayunando, Nick estiró la mano por encima de la mesa y le tomó la mano para besarle suavemente los nudillos. Estaba vestido con una camisa negra de sport y pantalones oscuros. Cada día que pasaba le resultaba más atractivo.

La brisa le apartaba los mechones de cabello de la frente. Nick volvió a mirarla y le besó otra vez los nudillos.

–Ten cuidado –le advirtió Abby divertida–. O no terminaremos nunca el desayuno.

–El viernes por la noche volemos a otra de mis casas. Tengo un refugio en las montañas de Colorado. Será un cambio.

La primera reacción de Abby fue emocionarse. Otro fin de semana con Nick. Pero entonces apareció su habitual cautela. Otro fin de semana con Nick, conociéndolo mejor. Algo que había prometido no hacer.

–Nick, pensé que no íbamos a tratar de ser amigos –dijo–. Ya sabes que no tendría sentido.

–¿Y por qué tiene que tener sentido? –preguntó él–. Me gusta estar contigo. Quiero volver a hacerte el amor. Quiero verte desnuda en mi cama. Ése es el sentido, y es mucho mejor que las razones que esgrimen muchas parejas para estar juntas.

–En nuestro caso es distinto y lo sabes.

–Has sobrevivido a este fin de semana con el corazón intacto. Ven conmigo el viernes a las montañas y deja que te enseñe mi casa de Colorado. Está muy bonita en esta época del año.

–Me imagino –murmuró Abby debatiéndose entre la lógica y el deseo al pensar en los días tan maravillosos que había pasado a su lado. Se miró en sus sensuales ojos oscuros y luego observó su boca sensual–. ¿Cómo podría negarme? –preguntó asintiendo.

–Ah, excelente, Abby.

–¿Alguna vez no te sales con la tuya? –le preguntó con auténtica curiosidad.

–Por supuesto. Ya sabes que uno no consigue siempre lo que desea. Te recogeré el viernes por la noche sobre las seis para que podamos llegar pronto. Te encantará estar allí. Por la noche hará fresco.

–No me preocupa el tiempo –dijo molesta consigo mismo por ser incapaz de resistírsele.

–No pongas esa cara tan seria. Hemos pasado unos días maravillosos y volveremos a pasarlos. Quiero una sonrisa –dijo Nick alzándole la barbilla y mirándola a los ojos.

–Me rindo –dijo Abby sonriendo–. Una vez más te has salido con la tuya.

–Soy encantador –respondió Nick. Y ella tuvo que reírse–. Eso y mis besos, que son irresistibles.

Abby sacudió la cabeza.

–¿Cuántas casas tienes? –quiso saber, preguntándose por su estilo de vida.

–Tengo un ático en Nueva York por trabajo. Apartamentos en Chicago y Londres. Una villa en España y la de la isla, una casa en Dallas, en las montañas de Colorado y otra en la Costa Oeste. Uno de mis mejores amigos, Ryan, tiene una cadena de hoteles en algunos de los lugares a los que viajo con frecuencia, y me quedo en ellos. Fénix, Tokio y Monterrey han sido paradas habituales para mí en el último par de años.

–¿Estás alguna vez en casa? Me impresiona que vayas a dedicarle tres semanas a obras de caridad. Debes de pasarte la vida viajando. Yo tengo una semana muy ocupada.

–Y luego estarás lista para otra escapada –dijo Nick deslizando la mirada hacia su boca–. Estaremos de vuelta en Galveston antes de que te des cuenta. Ven conmigo –le pidió poniéndose de pie.

Apenas habían probado el desayuno, pero Abby sabía que iban a ir a su camarote a hacer el amor. En cuestión de minutos estaba de nuevo en brazos de Nick y el tiempo había dejado de existir.

Había caído ya la noche cuando la llevó a su casa y la acompañó hasta la puerta.

–Ha sido maravilloso, Nick.

–No lo digas como si nos estuviéramos despidiendo para siempre –dijo él agarrándola de la cintura–. Te veré el viernes sobre las seis.

–Lo sé, pero quiero darte las gracias por este maravilloso fin de semana que recordaré toda mi vida.

–No, no lo harás –Nick le rozó suavemente la

nariz–. Algún día conocerás a un hombre que te borrará todos los recuerdos de este fin de semana.

–Parece que estás encantado de dejarme ir –contestó Abby con solemnidad, preguntándose si para él aquel fin de semana no habría sido algo de lo más normal.

Nick la atrajo hacia sí y la besó largamente hasta que ella se olvidó de la conversación anterior.

–Si te invito a entrar, mañana llegaré tarde y eso no puede ser –dijo Abby levantando la cabeza.

–No quiero dejarte marchar y no quería dar la impresión de que no me importe que otro tipo venga y te robe el corazón. No quiero decirte adiós ni dejarte ir en absoluto –dijo acariciándole la nuca.

–¡Nick! –susurró ella volviéndolo a besar hasta que finalmente sacó la llave y abrió. Nick cerró la puerta de una patada, y le agarró las nalgas sin dejar de besarla.

En menos de un minuto se habían quitado la ropa y cuando él la tomó en brazos, Abby le rodeó la cintura con las piernas. Nick se apoyó contra la puerta y la hundió en su fuerte virilidad, amándola una vez más.

Más tarde se ducharon y Nick la estrechó entre sus brazos mientras hablaban, hasta que finalmente, sobre las once de la noche, se levantó y se vistió.

–¿Dónde vas a estas horas?

–Me voy a marchar para que no llegues tarde al trabajo.

Abby se levantó de la cama y se puso una bata de algodón mientras lo veía marcharse. Lo siguió hasta la puerta, le dio un beso de buenas noches y se quedó mirando hasta que las luces del coche desaparecieron al doblar la esquina. Cuando hubo cerrado la puerta con pestillo sonó su móvil.

–No has escuchado tus mensajes –le dijo Quinn Nash al otro lado de la línea.

–Hola, Quinn. No, lo siento, estaba fuera de la ciudad. ¿Qué ocurre? –preguntó asustada al percibir el tono de preocupación de su voz. Se dio cuenta de que algo malo había ocurrido para que le hubiera dejado mensajes y todavía siguiera llamando a las once de la noche.

–Será mejor que te sientes, Abby. Hemos perdido el acuerdo. Una empresa de la que yo no he oído hablar en mi vida, Centennial Brokerage, que lleva un año en Dallas, se ha llevado a Dale Masaryk. Centennial le ha vendido a la empresa de Masaryk otros terrenos. Nuestro acuerdo no va a firmarse. Tu padre me dijo que saliera de su despacho y no volviera. Me ha despedido.

# Capítulo Cinco

Mientras conducía de camino a casa, Nick ya echaba de menos a Abby, lo que le sorprendió. Normalmente, tras un fin de semana así le gustaba pasar un tiempo a solas. Su hermano siempre le acusaba de ser un solitario, pero aquella noche echaba de menos a Abby a su lado.

Era una mujer fabulosa, encantadora y sensual, y estaba deseando que llegara el próximo fin de semana. No podía dejar de pensar en ella. Nick saludó al portero y entró en su casa. Deslizó la mirada por la fuente de tres caños, los tejados de su mansión y las ventanas paladinas de la fachada, mirando todo como lo haría Abby y preguntándose si le gustaría. Entonces se rió para sus adentros. ¿Desde cuándo le importaba si alguien se quedaría impresionado por alguna de sus casas o por su yate? Pero la opinión de Abby le importaba, y se preguntó por qué, teniendo en cuenta que la había seducido por venganza.

–No del todo –admitió en voz alta, consciente de que habría actuado del mismo modo aunque la revancha no hubiera entrado en juego. Abby era deliciosa y la deseaba. Así de simple. Sin embargo, ¡qué dulce era la venganza! Saborearía aquel triunfo durante mucho tiempo. Su única desilusión era que no podría ver la cara de Gavin Taylor cuando supiera que su hija había pasado unos días con él.

Nick apartó en el garaje para cinco coches. La limusina estaba allí aparcada, pero no había ni rastro del chófer. Entró en su casa y dejó las llaves en la cocina antes de descolgar el teléfono para escuchar sus mensajes. Su hermano había llamado, y también había dos mensajes de dos mujeres.

–Lo siento, queridas –dijo en la cocina vacía–. Habéis sido remplazadas por alguien más atractivo y sensual. No volveré a llamaros.

Nick subió las escaleras de caracol de dos en dos y apareció en el rellano de la suite principal, donde se quitó la ropa, se puso una toalla y descendió por las escaleras para nadar desnudo en la piscina iluminada. Allí tenía intimidad, y sabía que aquella noche le costaría conciliar el sueño. Seguía deseando tener a Abby a su lado, y lamentó no haberse quedado a dormir con ella, aunque por lo que le había contado, sabía que al día siguiente tenía un día duro. Pensó en el acuerdo en el que Noah y uno de sus abogados llevaban tanto tiempo trabajando para arrebatárselo al viejo Taylor. Si Noah conseguía arruinar el trato de Gavin Taylor y Gavin se enteraba de que había seducido a su hija, la revancha sería completa. Nick sonrió mientras nadaba. Estaba deseando que llegara el día siguiente para escuchar el informe de Noah.

A la mañana siguiente, Nick se dirigió hacia la sede central de Empresas Colton. Se sentó detrás de su escritorio. Al día siguiente tenía que volar a Los

Ángeles para ver una propiedad que tenía y decidir si iba a ponerla en venta o a reformarla. En octubre tendría que viajar a Tokio a supervisar sus propiedades allí y no podría ver a Abby ese mes a menos que volara a casa los fines de semana. Pero apartó de sí aquel pensamiento. Todavía estaban en agosto. Y probablemente para octubre ya habría dejado de verla.

Nick se puso a pensar entonces en el acuerdo que estaba intentando arrebatarle a Gavin Taylor, y en el que su rival llevaba meses trabajando. Nick le pidió a Noah que utilizara Centennial Brokerage, la empresa que su hermano había adquirido el pasado mes de febrero, para cerrar la operación. Así Nick se llevaría parte de los beneficios, y a la larga Gavin Taylor se enteraría de que era la empresa de Nick la que le había arrebatado la venta, porque Centennial pertenecía a Empresas Colton.

En cuanto Abby supiera quién se había llevado el negocio de Masaryk, Nick sabía que no volvería a verla. Pero con un poco de suerte, podrían disfrutar de otro fin de semana juntos.

Nick se revolvió incómodo en la silla y volvió a pensar en ella. Era una mujer impresionante y la deseaba. Miró el calendario y llamó a su secretaria.

–Mira a ver si puedes cambiar mis citas en Los Ángeles. Me gustaría salir hoy y regresar un día antes. Si lo consigues, llama a mi piloto para que tenga el jet preparado –le pidió antes de colgar.

Cuando escuchó cómo llamaban a la puerta, supo que era su secretaria y la hizo pasar.

–Buenos días –dijo una morena bajita abriendo la puerta–. Aquí está su nuevo itinerario para Los Ángeles. Sale hoy a las diez de la mañana. También le traigo una lista con las llamadas que recibió el viernes y el sábado por la mañana. Aquí está su calendario y sus citas.

–Gracias, Peggy –respondió Nick aceptando los papeles que le dio antes de salir.

Cuando iba a descolgar el teléfono para llamar a Abby, volvieron a llamar a la puerta.

–Adelante –dijo Nick mirando cómo Noah entraba en la habitación. Vestido con un traje gris marengo y corbata roja, tenía el aspecto del ejecutivo de éxito que era. Tenía dos años menos que Nick y era casi tan alto como él. Dejó caer el maletín en una silla.

–Buenos días, hermano –lo saludó Noah con una sonrisa de oreja a oreja–. ¡Lo hemos conseguido! –exclamó con los ojos brillantes. ¡Esta noche puedes celebrarlo por todo lo alto! –dijo poniendo la mano para chocar los cinco con Nick.

–¡Fantástico, Noah! –exclamó Nick poniéndose de pie para darle una palmada en la espalda–. Lo has conseguido.

–Querrás decir que lo hemos conseguido. El viejo Taylor se pondrá como un basilisco cuando se entere de quién está detrás de Centennial y de la pérdida de un acuerdo multimillonario.

–¿Cuándo cerraste el trato? –quiso saber Nick mientras su hermano sacaba un montón de papeles del maletín.

–Ayer por la tarde. Veinticuatro horas antes del momento en que se suponía que iba a firmar con Taylor. Puedes estar contento. Has ganado un montón de dinero.

–Pienso celebrarlo a lo grande –aseguró Nick triunfal–. No se me olvida la cara de Gavin Taylor mirándome a los ojos y diciéndome que nunca llegaría a nada.

–Se merecía esto, pero no hubieras sido feliz trabajando con él, en cualquier caso.

–Me juzgó por nuestro padre y creyó que porque hubiera crecido pobre me iba a quedar pobre. Pero cuando él trató de impedir que consiguiera trabajo en una inmobiliaria de Dallas empezó nuestra lucha. Desde entonces no ha parado de pisarme todos los negocios.

–Ayer te cobraste por que él intentara acabar con todos tus acuerdos desde tus comienzos. Nuestro padre debió de hacerle algo gordo a Taylor.

–¿Quién sabe? –Nick se encogió de hombros. Nuestro padre se portó mal con mucha gente cuando estaba borracho. No imagino cómo consiguió trabajar de jardinero para Gavin Taylor. Nunca supe nada de esa historia, y creo que tú tampoco.

–No, pero papá debió de hacer algo que enfureciera a Taylor. Aun así, Taylor no debió pagarlo contigo.

Nick todavía recordaba las entrevistas en las empresas Taylor cuando salió de la universidad y quería buscarse la vida. Tuvo dos entrevistas que le fueron bien. Quisieron que conociera al presidente, Gavin Taylor, y le concertaron una cita. A Nick le gustaba la empresa y fue a esas entrevistas con la certeza de que conseguiría el trabajo.

Gavin Taylor estaba sentado tras su escritorio escribiendo y ni siquiera se molestó en alzar la vista o en levantarse cuando Nick entró y la recepcionista cerró la puerta tras ellos. Tras dos minutos enteros, Gavin dejó la pluma y lo miró.

–Así que tú eres el hijo de ese maldito borracho –dijo. Y Nick recordaba cómo se puso frío y caliente al mismo momento.

–No conseguirás ningún empleo en mi compañía –le anunció Taylor con desprecio–. Despedí a tu padre y no te contrataré a ti. Era mi jardinero, ¿lo sabías?

–No, no lo sabía. Y yo no tengo problemas con la bebida –anunció Nick–. Ahí tiene mi historial académico de la universidad. Todo sobresalientes.

–Chaval, eres una acción sin valor. Procedes de la basura y nunca triunfarás ni conseguirás nada. No quiero tenerte aquí. Lárgate.

Pálido de ira, Nick se quedó allí de pie con los puños apretados. Todavía recordaba la furia que le bullía en el interior.

–Señor –dijo finalmente con voz pausada–, llegaré a ser alguien, y cuando llegue ese momento me encargaré de que usted se entere.

Nick se dio la vuelta y salió de allí ardiendo de rabia y humillación, y más decidido que nunca a triunfar.

–Deja de pensar en eso, Nick –le pidió Noah–.

Sé lo que estás recordando, pero con este trato estamos empatados.

–Durante aquellos primeros años, ¿cuántas ventas me arrebató Gavin? Yo estaba muy verde, acababa de empezar, y él tenía poder e influencias. Convirtió mi vida en un infierno durante varios años. Pero ya me he vengado. Y no sólo con este acuerdo –Nick sonrió a su hermano–. ¿Conoces a la hija de Gavin?

–¿Abby Taylor? Sí, una vez que la has visto ya no se te olvida. Es una mujer de bandera, guapísima. Me sorprende que no esté casada, pero he oído decir que vive por y para el trabajo. ¿Por qué lo preguntas?

–¿Qué crees que hará Gavin Taylor cuando se entere de que su hija se ha estado acostando conmigo?

–¡Maldición! –Noah se quedó boquiabierto–. Esto sí es una sorpresa. ¿Cuándo ha ocurrido?

–La conocí en un acto solidario y desplegué todos mis encantos. Debió de bastar, porque este fin de semana ha estado navegando conmigo. Regresamos anoche.

–¡Estás de broma! –exclamó Noah con una sonrisa de oreja a oreja–. Taylor se pondrá hecho una furia. Esto sí es la venganza final, Nick. Pero ella debe de conocer la enemistad entre su padre y tú…

–Así es. Pero no sospecha de mis motivos. Después de todo, no me ha resultado duro en absoluto.

–Diablos, no, ella es preciosa –se rió Noah pasándose la mano por el pelo–. Estoy realmente impresionado, Nick. Tienes tu venganza completa y además te has forrado con la operación. Ahora puedes fusionar Colton con esa empresa pequeña que compré el invierno pasado, y así Taylor sabrá quién le ha hecho todo esto.

–Las cosas están bien como están. Puedes seguir tú con esa empresa, Noah.

–¿Y vas a volver a ver a Abby Taylor? No sé por qué te hago esta pregunta. Cuando se entere de lo que le has hecho a su padre y a su negocio, estás acabado.

–Tal vez sí o tal vez no –murmuró Nick preguntándose lo influida que estaría Abby por los avatares de su padre.

–¡Qué optimista! –dijo Noah poniéndose de pie–. Bueno, ya sé que te vas a Los Ángeles, pero tenemos que celebrarlo pronto. Por fin te has vengado. Ya puedes dejar descansar a esos demonios.

–Sí. Lo que siento es no haber estado allí para la firma, pero era mejor que estuviera detrás del telón.

–Lo cierto es que cabe la posibilidad de que nadie sepa que estás relacionado con este acuerdo durante unos días. Llevará un tiempo, pero al final la historia de Centennial saldrá a la luz y la prensa la hará pública.

–Gavin Taylor lo sabrá antes, cuando se entere de dónde ha estado Abby. Espera a que descubra eso.

–Se ha enamorado de ti y le has roto el corazón… ¡perfecto!

–No sé si se ha enamorado, pero lo de la seducción es un hecho.

Noah se rió y salió por la puerta cerrando tras él. Nick se reclinó en la silla y pensó en las noticias de Noah. ¡Le habían birlado un acuerdo a Gavin Taylor delante de sus narices!

Nick consultó su reloj y supo que era casi la hora de ir al aeropuerto. Descolgó el teléfono para hacerle una llamada rápida a Abby, preguntándose si ya sabría lo del trato de su padre. No le contestó, así que decidió llamarla más tarde.

Nick estaba deseando verla. ¿Estaría tan furiosa por lo que le había hecho a su padre que se negaría a salir con él? No se enteraría de su implicación con aquel asunto hasta dentro de una semana, con un poco de suerte algo más.

Nick volvió a mirar el reloj y supo que tenía que irse. Agarró su maletín y salió. En el camino al aeropuerto y durante todo el vuelo a Los Ángeles su mente saltaba del contrato que acababa de arrebatarle a Gavin Taylor a los recuerdos de su fin de semana con Abby. Estaba deseando volver a Dallas para verla. Se animó pensando que iban a pasar juntos el fin de semana en Colorado.


Abby se sintió invadida por la decepción, que cayó sobre ella como una losa. Se quedó paralizada y luego rompió a sudar. Aspiró con fuerza el aire para tratar de relajarse... no era el fin del mundo.

Y sin embargo sentía como si su universo hubiera hecho explosión. Sus esperanzas y sus sueños se habían hecho añicos. Lo imposible había sucedido.

Pensaba que tenían un acuerdo, que todo estaba resuelto excepto la formalidad de firmar los papeles. Escuchó una voz gritando su nombre y se dio cuenta de que Quinn le estaba hablando al otro lado del teléfono.

–¡Abby! ¿Estás ahí? ¡Contéstame!

–Aquí estoy, Quinn. Deja de gritar. Estoy impactada. Habrán perdido el derecho a la fianza…

–Así es. Han dado un giro completo y el acuerdo no se firma. Ya han comprado otros terrenos. Masaryk me pidió disculpas cuando me llamó. Me dijo que los otros terrenos estaban en un lugar ideal y se ajustaban mejor a sus necesidades. Por supuesto, corrí a enterarme de con quién habían firmado el contrato. Se trata de una empresa pequeña de la que no hemos oído hablar.

Abby pensó en la venta multimillonaria. Las comisiones iban a ser impresionantes.

–¿Y qué pasa con papá, Quinn?

–Está rojo de ira. Está investigando, pero no creo que pueda hacer nada. Todo es legal. Ya conoces a tu padre. Todo el mundo le está evitando. ¿Tú qué vas a hacer? ¿Esconderte también de él?

Abby seguía mirando al infinito y pensando en la venta.

–Supongo que no –murmuró–. Iré mañana a la oficina.

–Tú eres su hija. No te despedirá.

–No, supongo que no –dijo Abby pensando en su prometido ascenso a la vicepresidencia, consciente de que no iba a producirse. Su padre tenía mucho genio y muy poca paciencia en los negocios. No la ascendería hasta que hiciera algo que compensara aquella pérdida. Contempló la posibilidad de quedarse al día siguiente en casa y dejar pasar un día para que se calmara.

—Voy a hablar con él para que no te despida, Quinn. Es absurdo echarte por esto. Has sido un gran agente y sabe que le conviene tenerte con él. Has hecho ganar mucho dinero a la empresa. Le llamaré mañana y te haré saber qué ocurre.

—De acuerdo, tienes mi número, Abby. Ya me han hecho una oferta de trabajo, así que no estoy preocupado. Lo que de verdad lamento de esto es que siento como si te hubiera dejado tirada.

—No te preocupes por mí, Quinn. Los negocios son así, y estas cosas pasan. Gracias por llamarme —dijo antes de colgar.

Abby pensó en la comisión que había perdido y suspiró. Nunca conseguiría una venta igual. Nunca. Y mientras, ella de paseo en el yate de Nick.

Cuando su padre se enterara de dónde había estado, se quedaría lívido. Pensó en el fin de semana siguiente y en la invitación de Nick, que ya había aceptado.

Podría ocultarle el hecho a su padre. O podía escaparse con Nick y contárselo a su padre más tarde. Tarde o temprano tendría que saberlo, y además ya era una adulta y podía hacer lo que le pareciera. Pero sabía que aquello le enfurecería y le haría daño.

Los recuerdos de Nick la obnubilaron y durante

un instante dejó de pensar en lo que había perdido. Había sido un fin de semana fabuloso. El mero hecho de pensar en Nick le aceleraba el pulso, y deseó poder verlo antes del viernes.

Tardó más de una hora en dormirse, y cuando sonó el despertador, lo apagó y volvió a la cama. La luz del sol la despertó una segunda vez, y Abby se sentó y vio que eran más de las ocho. Se sentó en la cama. Aquél era el día en el que se suponía que iban a cerrar el trato. Sacudió la cabeza. No servía de nada lamentar lo que se había perdido.

Sonó el teléfono. Abby dio un respingo y contestó. Era la voz de Nick. Inmediatamente se le levantó el ánimo.

—Te echo de menos —dijo él con voz ronca—. He adelantado mi viaje un día porque tú no podías salir a cenar conmigo, y llegaré antes a casa. ¿Hay alguna posibilidad de que puedas irte antes del viernes?

Abby pensó en lo que tenía pendiente y se dio cuenta de que no era mucho, porque había dedicado todo su tiempo al gran acuerdo. Sintió deseos de lanzarlo todo por la borda e irse con él, pero sabía que no podía.

—Tengo que quedarme, Nick. Al menos hasta el viernes por la mañana.

—Ah, entonces salgamos antes —sugirió él—. ¿Qué te parece si te recojo al mediodía?

Abby sonrió.

—Que sea a las dos en punto. Para entonces todo el mundo habrá desaparecido de la oficina, incluido mi padre, y podré marcharme.

–Contaré los minutos –murmuró Nick–. No puedo dejar de pensar en ti y en nuestro fin de semana. Quiero tenerte en mis brazos.

Abby se estremeció y su deseo se convirtió en una llama.

–Nick –susurró–, yo también he estado recordando. Fue maravilloso y no puedo esperar a volver a verte.

–Tenía que escuchar tu voz. ¿Puedo volver a llamarte esta noche?

–Sí, por favor. Lo estaré esperando. Por ahora te digo adiós –dijo mientras escuchaba la despedida de Nick antes de colgar el teléfono. Abby cerró los ojos y se dejó llevar por los recuerdos hasta que ardió de deseo por sus besos. Exhalando un suspiro, se puso de pie y se vistió para ir al trabajo. Su padre estaría furioso y sería un infierno estar cerca de él, y seguramente sería así durante el resto de la semana. Confiaba en poder convencerle para que le pidiera a Quinn que regresara. Quinn era un gran vendedor. Abby se frotó la frente y se dirigió al armario para buscar su mejor traje. Quería aparecer segura de sí misma y exitosa.

Una hora más tarde, vestida con un traje que chaqueta negra, abrió la doble puerta de cristal y entró en el edificio de ladrillo de una planta de Propiedades Taylor. Y la primera persona con la que se encontró fue con su padre, que estaba hablando con la recepcionista. Se giró para mirarla.

–Ven a mi despacho, Abby –le espetó. Y ella sintió toda su furia.

# Capítulo Seis

Durante un instante, Abby experimentó el mismo terror que sentía cuando era niña y tenía que enfrentarse a su ira, pero se repuso. Sabía que iba a pelearse con él, pero perder un contrato no era el fin del mundo. Podría hacer otras ventas, y Quinn también.

Corriendo para seguir las largas zancadas de su padre, le siguió hasta su despacho, que estaba repleto de antigüedades, cuadros antiguos y premios. Gavin se colocó tras su gigantesco escritorio de caoba labrada y luego se giró para mirarla con las manos en jarras. Estaba vestido con uno de sus trajes negros de mil dólares. Su camisa blanca con sus iniciales y la corbata gris marengo estaban inmaculadas. Tenía un aspecto poderoso e intimidatorio, pero Abby había decidido hacía mucho tiempo que no iba a manejar su vida.

Cerró la puerta del despacho, alzó la barbilla y se acercó para mirarlo de frente.

–He recibido una llamada de Quinn y me ha dicho que hemos perdido la venta. Lo siento.

–No basta con sentirlo –respondió Gavin con sequedad. Sus ojos verdes echaban chispas y tenía el rostro encendido.

–No podemos hacer nada al respecto –Abby se encogió de hombros–. He intentado hablar esta mañana con Dale Masaryk, pero no estaba en su oficina y no he conseguido dar con él en el móvil. Le he dejado mensajes en los dos sitios.

–Lo que es como cerrar la puerta del establo antes de que roben el caballo.

–Lo hemos hecho lo mejor que hemos podido, papá.

–Quinn no sabe mentir y no fue capaz de cubrirte –le dijo con un tono aterrador que en el pasado la habría hecho temblar, pero ya no–. Saliste de la ciudad para pasar el fin de semana fuera con el mayor contrato de tu vida pendiente. Debería haber sido tu prioridad.

–Quinn estaba aquí, y Dale Masaryk nos dijo que iba a volver a Illinois.

–¿Dónde diablos estabas tú y qué hombre es tan importante como para mantenerte lejos cuando deberías haber estado aquí?

–Estaba con Nick Colton. En su yate –admitió, consciente de que su padre se iba a enterar tarde o temprano.

–¿Cómo? –bramó su padre. Tenía el rostro sonrojado y los puños apretados.

–Ya me has oído. Y este fin de semana me voy a Colorado con él –respondió Abby con voz firme, enfrentándose a la tormenta.

–¡Eso jamás! –bramó Gavin temblando. Le dio un golpe al escritorio con la palma.

–Sí, voy a hacerlo –respondió Abby dándolo por

hecho–. No puedes impedírmelo. Soy una mujer adulta y escojo a mis amigos y a los hombres con los que salgo.

–Él no es de tu clase.

–No, estoy de acuerdo. Es multimillonario.

–El dinero no lo es todo. Ese tipo es basura, y la cuna es importante. Te prohíbo que lo veas.

–Lo siento. Ya sé que no te gusta y lo lamento, pero no puedes impedírmelo. Voy a irme con él.

Su padre blandió un puño contra ella.

–Si sales de mi despacho con la intención de pasar el fin de semana con Colton, no vuelvas. No trabajarás aquí ni en ninguna empresa sobre la que yo tenga influencia.

Asombrada, Abby parpadeó y se lo quedó mirando.

–No puedes estar hablando en serio –dijo sin dar crédito a que albergara tanto odio–. ¿Vas a despedirme porque esté saliendo con alguien que no apruebas?

–¿Me has oído alguna vez amenazar en balde? –le espetó.

Abby no podía creer que llegara tan lejos para obligarla a cumplir su voluntad. Y sabía que, si cedía ahora, su padre la tendría sometida durante el resto de su vida. Y sin embargo, lo único que se tenían en la vida era el uno al otro.

–Papá, estás reaccionando sin pensar. ¿No es la familia más importante para ti que cualquier contrato o que la persona con quien salgo?

–Si se trata de mi peor enemigo, no –respondió

él con frialdad–. Ya sabes que Colton es mi rival más acérrimo. Si vuelves a salir con él, Abby, tú y yo hemos terminado.

Las lágrimas amenazaban con brotarle, y Abby hizo un esfuerzo por contenerlas.

–Si eso es lo que quieres –dijo en voz baja manteniendo el control–, pero recuerda que te quiero.

Se dio la vuelta para salir del despacho. Cuando agarró el picaporte con la mano, su padre la llamó.

–¡Maldita sea, Abby! ¡No te atrevas a irte con él! ¡No te atrevas! Lo perderás todo. Te desheredaré, y me encargaré de que no te contraten en ninguna inmobiliaria de la ciudad.

–El dinero no es tan importante –respondió ella muy tensa y sintiéndose triste por aquella terrible pelea–. Adiós –susurró.

–¡Abby! Descubrirás que el dinero es importante, llevas un estilo de vida al que no querrás renunciar.

–Me voy –dijo ella con sequedad.

–No te lleves nada. Nada de lo que hay aquí te pertenece –le ordenó.

–Tengo unas cuantas pertenencias personales en mi escritorio y ésas son mías. Me las llevo –respondió Abby con claridad. Se giró para mirarlo. Su padre tenía los puños doblados sobre el escritorio y estaba ligeramente inclinado hacia delante. Parecía dispuesto para una pelea.

–Vas a quedarte muy solo.

–Y tú vas a arrepentirte –le dijo Gavin–. Estás cometiendo un terrible error.

Dolida y todavía asombrada ante los extremos a los que había llegado su padre para salirse con la suya, Abby salió del despacho y cerró la puerta tras ella. Al marcharse escuchó cómo su padre arrojaba algo contra la puerta.

Unos instantes más tarde Abby estaba en su despacho recogiendo sus cosas. Sandra Peneski, una compañera, se acercó a verla.

–No puedo creer que haya hecho esto –aseguró Sandra–. Ninguno de nosotros pensó que echaría a Quinn, pero a su propia hija, a su única hija… ¡Eso es espantoso! Hay compañeros que ya están pensando en buscarse otro trabajo.

–No les dejéis ninguno por culpa de esto –dijo Abby mientras guardaba una lámpara que era suya. Recordó durante un breve instante el día que comenzó a trabajar con su padre a jornada completa, y cómo lo celebró con él aquella noche cenando en un elegante restaurante de Dallas. Recordó cuando promocionó dentro de la empresa y consiguió un pequeño despacho.

–Voy a echaros de menos a todos –aseguró Abby.

–Eres muy comprensiva –afirmó Sandra con la preocupación reflejada en los ojos–. Yo no lo sería tanto.

–Ya tengo todas mis cosas –murmuró Abby sacudiendo la cabeza–. Si me dejo algo, te llamaré para que me lo guardes. Millones de gracias por tu ayuda y tu amistad. Estamos en contacto.

Tras despedirse de los demás compañeros, Abby se marchó todavía conmocionada por la furia de su padre y sus palabras. ¿Se alegraría Nick de lo ocurrido, teniendo en cuenta la enemistad que sentía por su padre?

Abby quería pensar las cosas y decidir qué camino tomar antes de ponerse en contacto con Nick y contárselo. Se subió al coche y se quedó allí sentada unos instantes, sumida en sus pensamientos antes de encender el motor. ¿Cómo podía su padre haberle hecho eso? Y todo por perder un contrato y salir con Nick. Le dolía la cabeza cuando metió la llave en el contacto y trató de concentrarse en la conducción. Cuando llegó a casa, sintió un gran alivio al entrar en su apartamento. Se preguntó si sería capaz de seguir manteniéndolo. Estaba acostumbrada a un estilo de vida que tal vez tendría que cambiar. Entonces se dejó llevar por la emoción y se le saltaron las lágrimas. Siempre había estado muy unida a su padre y odiaba haberle decepcionado, pero nunca pensó que él cortaría de tajo todos los lazos que les unían.

Tras unos minutos, Abby se secó las lágrimas y llevó las cosas que habían traído al despacho de su apartamento. No las sacó de las bolsas, pensando que decidiría más tarde qué haría con ellas. Consultó el reloj y pensó que Nick estaría en aquellos momentos volando rumbo a Los Ángeles.

Abby quería decidir su futuro antes de hablar con él, con sus amigos, o con Quinn. Sabía que podía ir aquella misma tarde a buscar trabajo a cualquier lado. Podía trabajar en la empresa de Nick, de eso estaba segura, pero no quería. Encendió el ordenador para buscar una lista de posibles empresas. A media tarde había telefoneado a cinco sitios, tenía entrevistas en dos de ellas para la próxima semana y en las otras tres dejó su número porque la persona con la que tenía que hablar no se encontraba disponible. Abby se preguntó si de verdad estarían ocupadas o si su padre había intervenido.

Pensando en su futuro, Abby pensó en su sueño de trabajar por su cuenta. Cuanto más pensaba en ello, más le atraía la idea, hasta que volvió a sentarse ante el ordenador para ver su cuenta bancaria y comprobar cuánto capital podría invertir en un negocio propio. En menos de una hora tenía una tabla de números y se le había elevado el ánimo, aunque iba a necesitar hasta el último céntimo para arrancar.

Llamó a Quinn para ver si querría venir con ella a trabajar en su negocio. Quedaron en salir a cenar para hablar de ello. Más tarde, cuando regresó al apartamento, tenía un mensaje de Nick en el que le decía que sentía no haber dado con ella y que no podría llamarla más tarde porque sus anfitriones tenían una fiesta preparada y querían presentarle a unas personas.

Eran las dos de la mañana cuando Nick regresó a su habitación del hotel. Se quitó la chaqueta y la corbata y se sacó los zapatos. Descolgó el teléfono móvil y llamó a Abby. Rezando para que todavía no se hubiera enterado de que su empresa era la que le había arruinado el contrato a su padre, esperó. El pulso se le aceleró al escuchar su voz cansada.

–Siento llamarte tan tarde, Abby –dijo con voz pausada.

–¡Nick! –exclamó ella con alarma–. Por Dios, son las dos de la mañana. ¿Estás bien?

–Ahora sí –contestó Nick, aliviado al comprobar que no sabía nada de su relación con el asunto Masaryk–. Tenía que escuchar tu voz. Ojalá pudiera atravesar este teléfono y estrecharte entre mis brazos. No podía esperar hasta mañana para hablarte. Lo siento si te he despertado, pero esta llamada era necesaria.

–¡Esto es una locura, Nick!

–No, no lo es –dijo él sentándose en la cama y apoyándose en el cabecero con las piernas cruzadas–. Tenía que hablar contigo. Dime lo que llevas puesto y lo que no.

–¡Estás loco, Nick! –volvió a exclamar Abby, que parecía divertida–. Llevo puesto un camisón de algodón azul muy sencillo, por encima de la rodilla y sin mangas. ¿Te haces una idea?

–Creo que me quedo con la imagen que tengo en la cabeza, que corresponde a la última vez que te vi en la cama –dijo, y Abby gimió–. ¿Sigue en pie lo de quedar el viernes a las dos de la tarde?

–De hecho podría quedar antes –respondió ella con otro tono de voz.

–Estupendo, ¿a qué hora? Mi vuelo de regreso es a las cinco y media de la mañana del viernes –dijo Nick preguntándose cuánto tiempo antes podría estar con ella y hacerle el amor. La deseaba muchísimo.

–¡Tómate algo de tiempo para ti! –exclamó riéndose–. ¿Tienes mucho lío de trabajo el jueves?

–Cancelaré el maldito trabajo si tú puedes venir antes –aseguró Nick.

–¡No hace falta! Cuando hayas terminado en California, vuelve a casa. Hazme saber cuándo quieres recogerme –añadió con una voz melosa que despertó de nuevo su deseo.

Nick aspiró con fuerza el aire.

–Quiero irme ahora mismo. Puedo hacerlo en mi avión privado, ¿sabes?

–¿A las dos de la mañana? ¡Ni se te ocurra! ¿No tienes que estar allí mañana? –le preguntó divertida.

–Puedo arreglarlo, si tú vas a estar libre.

–Ven a buscarme el viernes a mediodía, Nick.

–Lo haré, pero no quiero esperar tanto. Ha sido una semana larguísima desde que te vi por última vez.

–Nos despedimos anoche –le recordó ella con ironía–. Estamos a miércoles, a jueves de madrugada, de hecho. Sobrevivirás.

–¿Qué ha cambiado para que puedas salir más pronto el viernes? –le preguntó, agradecido de que estuviera tan alegre a pesar del fracaso de su padre. Durante unos instantes, Nick alimentó la esperanza de ser capaz de capear el temporal cuando ella descubriera que estaba detrás del acuerdo con Masaryk–. Me alegro de que puedas venir, sea como sea. Hoy he tenido un día muy ocupado, pero productivo. ¿Qué tal el tuyo?

Se hizo un silencio. Nick dejó pasar unos segundos y luego preguntó:

–¿Abby? ¿Sigues ahí?

–Aquí estoy, Nick. Me has preguntado qué tal hoy –Nick escuchó un suspiro y supo que no se trataba de buenas noticias–. Han pasado muchas cosas. ¿Recuerdas que te dije que había recibido una llamada y tenía algo pendiente?

–Sí, me acuerdo. Una llamada el sábado por la noche –respondió él con cautela y el ánimo algo bajo. Creía estar seguro de lo que iba a venir ahora. Seguramente Abby le iba contar la venta de su padre, pero por el momento estaba hablando de su propio trabajo.

–Tenía pendiente un acuerdo multimillonario que iba a firmarse el miércoles y que finalmente se canceló.

Nick sintió que se le contraía el estómago y se puso tenso.

–¿El acuerdo era tuyo, Abby? –preguntó.

–Sí. Uno de los vendedores, Quinn Nash, trabajó en él conmigo. Llevábamos ocho meses con este asunto, Nick, desde primeros de años. Ocho meses. Alguien, una empresa llamada Centennial Brokerage, apareció el fin de semana pasado mientras yo estaba contigo y les mostró unos terrenos que les gustaron más.

¡La venta era de Abby, no de su padre!

Conmocionado, trató de concentrarse en lo que Abby le estaba diciendo.

¡Había perjudicado a Abby! Nunca fue ésa su

intención, nunca imaginó que aquélla pudiera ser su venta y que el viejo se mantuviera al margen de una operación tan importante.

El frío le caló hasta los huesos. Aquello no era en absoluto lo que él quería. ¿Por qué no supo Noah que Gavin no estaba detrás? ¿Por qué no le había dicho nada Abby de su venta? Nick hubiera abortado la operación sin dudarlo.

–Nick, ¿estás ahí?

–Lo siento, se oía mal –respondió–. Abby, no te imaginas cuánto lamento que hayas perdido una operación tan importante.

–Ya somos dos. Yo ni siquiera conozco esa empresa, Centennial. Nunca había oído hablar de ella.

–Se fundó en Dallas en febrero –dijo Nick con tensión. Sabía que aquél era el momento de la verdad. Podía decirle ahora que Centennial Brokerage era una empresa suya. Pero no quería hacerlo por teléfono. Para Abby sería de lo más fácil colgarle el teléfono y no volver a oír hablar de él nunca. Y quería pasar el fin de semana con ella. Abby no tenía ni idea de que Centennial fuera suya y que él le había robado el acuerdo multimillonario. ¡Llevaba ocho meses trabajando en ello! Nick sintió una opresión en el pecho y pasó del frío al calor. Trató de concentrarse una vez más en lo que le estaba diciendo.

–La empresa de Masaryk ya había pagado una señal de reserva y todo y la han perdido, pero se han echado atrás en el acuerdo y han comprado otros terrenos.

–¡Maldición! –Nick frunció el ceño y miró alrededor de la habitación sin ver nada mientras pensaba en lo que había hecho. Le había hecho un daño irreparable a Abby al arruinarle la que sin duda era la venta más importante de su vida.

–¿Era éste el acuerdo más importante que has hecho?

–O que no he hecho –le corrigió Abby–. ¡Cielos, sí! Se trataba de una transacción multimillonaria.

Nick estaba abrumado por lo que había hecho. Al final habría sido su padre quien se quedaría con el prestigio y una enorme cantidad de dinero, pero Abby habría cobrado una fabulosa comisión. Y la había perdido por su culpa.

–Procuraré que el fin de semana sea todavía mejor –dijo malhumorado pensando en qué regalo podría hacerle para animarla.

–Estoy recuperándome del susto y pensando qué voy a hacer. Nick, mi padre nos ha despedido a mí y al vendedor que trabajó conmigo en esto.

–¿Qué dices que ha hecho? –aterrorizado, Nick experimentó otra oleada de furia hacia Gavin. Pero se tragó lo que pensaba de aquel malnacido porque, después de todo, aquel hombre seguía siendo el padre de Abby.

–Nick, ¿podemos seguir hablando de esto cuando nos veamos? El teléfono no es el mejor medio para mantener esta conversación.

–Cierto. Necesito hablar contigo –dijo él, aterrado ante la idea de tener que confesar la verdad–. Te echo muchísimo de menos –aseguró.

–Yo también a ti –respondió Abby dulcemente con la voz cálida–. Cuando llegues a por mí, besémonos durante una hora.

Nick la deseaba más que nunca.

–Es una promesa –respondió con aquel tono ronco que le salía cuando estaba excitado–. Cariño, no puedes ni imaginarte cuánto te deseo. Quiero estrecharte entre mis brazos. Tenerte en mi cama. Te veré el viernes, aunque falta mucho. Todavía puedo subirme a mi avión y salir ahora mismo. No llegaría hasta por la mañana, pero quiero hacerlo.

–Nick, de hecho ya es jueves por la mañana. Te veré en poco más de veinticuatro horas. Ven cuando lo tenías planeado.

–¿A qué te vas a dedicar hoy?

–A hacer planes. Pero tú no cambies los tuyos. Te veré el viernes.

–Volaré esta noche a casa. ¿Qué te parece si te recojo el viernes sobre la diez de la mañana?

–Claro, Nick –Abby parecía divertida–. Te veré el viernes.

–Estoy deseando que llegue el momento. Adiós, cariño. Te deseo de verdad. Y Abby, siento mucho que hayas perdido esa venta –le dijo con sinceridad–. Odio verte triste.

–Gracias. Adiós, Nick. Dulces y sensuales sueños –susurró ella, y Nick gimió mientras colgaban.

Pensó en besarla y volvió a gemir. Y luego pensó en el acuerdo de Masaryk.

–¡Maldición! –bramó. Tendría que admitirle la verdad aquel fin de semana, y Abby le odiaría por ello. Se pasó los dedos por el pelo. Lo suyo terminaría con toda probabilidad cuando ella descubriera que era su empresa la que le había arruinado la venta, pero ahora sería cien veces peor. Recorrió el suelo arriba y abajo, tratando de encontrar una salida a su problema.

Nick terminó su trabajo en California, pero era casi medianoche cuando llegó a casa en Dallas.

El viernes por la mañana, antes de que amaneciera, se levantó tras una noche en la que no había pegado ojo. Mientras se vestía, escuchó las noticias por televisión para enterarse de si la venta se había hecho pública ya, pero no escuchó nada al respecto. De camino a la oficina, hizo que su chófer se detuviera en un quiosco para comprar todos los periódicos de Dallas. Nick los colocó sobre el asiento de la limusina y los ojeó rápidamente en busca de noticias.

En cuando su floristería habitual abrió sus puertas, llamó y encargó un ramo de seis docenas de gerberas para enviárselas a Abby. Sabía que los regalos nunca compensarían el dolor que estaba a punto de inflingirle, pero quería que tuviera regalos suyos para que supiera que le importaba. Tal vez en el futuro se diera cuenta de que se había visto atrapada en el fuego cruzado de dos hombres que buscaban venganza. Nick se preguntó qué podría llevarle que fuera realmente único y finalmente entró en una joyería para comprarle un jarrón de cristal de

Waterford. Mandó que lo envolvieran para regalo y se lo enviaran.

Luego pasó otra media hora tratando de encontrar algo más personal para ella. Regresó a su oficina y se acababa de sentar tras su escritorio cuando apareció Noah vestido con un traje gris marengo y con aspecto de sentirse el dueño del mundo.

–¿Preparado para tu gran fin de semana? –le preguntó su hermano cerrando la puerta del despacho tras él. El oscuro cabello de Noah estaba revuelto por el viento. Tenía un aspecto triunfal.

–Hemos cometido un error, Noah –le espetó Nick de entrada–. No es a Gavin Taylor a quien hemos arrebatado la venta.

–¡Claro que sí! –Noah frunció el ceño, se abrió la chaqueta y se puso de jarras mientras lo miraba fijamente–. Sé que la primera oferta que le llegó a Masaryk se la hizo Propiedades Taylor –aseguró–. Hablé con ellos y mencionaron a Quinn Nash y a Abby. Sé que conocían a Gavin porque hablaron de él. Lo cierto es que no hablamos mucho del acuerdo previo que tenían. A mí no me importó sacar el tema porque estaban interesados y tenían curiosidad por saber qué teníamos para ellos. No entramos en detalles respecto al trato que tenían pendiente. Me quedé asombrado cuando se interesaron en nuestra oferta y firmaron el acuerdo. Apenas mencionamos a los Taylor.

–Supongo que no. Bien, pues no fue Gavin quien llevaba la venta. Nos confundimos de Taylor. Era el acuerdo de Abby.

–¡Abby! ¡Maldita sea! –exclamó Noah frunciendo el ceño–. Bueno, de acuerdo, era de Abby. ¿Importa mucho eso?

–¡Diablos, sí! No quería hacerle daño a ella.

–Es su hija. La sedujiste para vengarte, ¿te acuerdas? –Noah volvió a fruncir el ceño y ladeó la cabeza mientras observaba a su hermano–. ¿Qué está pasando aquí? Querías seducirla para restregárselo a Gavin, y sabías que la harías daño.

–No. Lo hice para vengarme de Gavin. Ella era sólo un medio.

–¿Y eso significa que no saldría herida? ¡Nick! No te estarás implicando en serio con ella, ¿verdad? –le preguntó Noah frunciendo todavía más el ceño.

–Por supuesto que no. Es sólo que no quiero hacerle daño. Esto estaba destinado a Gavin, no a ella.

–No te engañes. Lo has atrapado. No importa de quién fuera la venta, era un acuerdo de Propiedades Taylor, y el dinero es el bien más preciado de Gavin Taylor. Además, él te desprecia –Noah se pasó los dedos por el pelo–. Entonces, ¿cuándo vas a confesarle lo que has hecho? ¿O no vas a volver a verla?

–Va a pasar este fin de semana conmigo en Colorado.

–Nick, esa parte no es necesaria para la venganza. Pero por supuesto que la chica es un bombón, así que no te culpo. Adelante. Disfruta de tu fin de semana.

–Voy a tener que decírselo.

–Eres mi hermano mayor y me has dado consejos durante toda tu vida –Noah se acercó a su escritorio y volvió a ponerse en jarras–. Ahora deja que te dé yo uno: no se lo cuentes. Te gusta estar con ella y quieres seguir viéndola, al menos durante este fin de semana. Terminará enterándose de quién le robó el cliente porque ya es del dominio público y sólo es un fallo temporal que no haya salido a la luz que son las Empresas Colton quienes han hecho el trato. La gente de Masaryk sabía que se trataba de Colton, pero guardaron silencio por sus propios motivos. Ahora sé que su intención era soltar la noticia el lunes en Illinois. Gracias a eso la noticia no ha corrido ya por todo Dallas.

–Eso jugó a nuestro favor. Si la prensa hubiera cubierto la noticia desde el principio, habrían sido más reacios a echarse atrás en el compromiso anterior –razonó Nick.

–Así es. Ellos fueron los que mantuvieron silencio.

–He oído las noticias y he leído los periódicos esta mañana y no se sabe todavía nada –dijo Nick.

–Pero enseguida saltará la liebre. Disfruta de la vida mientras puedas. No vas a ganar nada diciéndoselo y la perderás antes.

–La voy a perder de todas maneras, y no contárselo es un engaño –respondió Nick malhumorado.

–Te estás tomando esto muy mal. ¿Seguro que no estás demasiado implicado? ¿Estás enamorado?

–¡Diablos, no! –le espetó Nick–. Pero no era mi intención hacerle esto.

–La vas a perder mucho antes si no sigues mi consejo. No se lo cuentes. Ya estás viviendo de prestado. Cierra la boca y disfruta de tu fin de semana. En cualquier caso, no tienes futuro con ella.

–Consideraré tu consejo –dijo Nick pensando en Abby y olvidándose de Noah.

–Para ser alguien que acaba de conseguir la venganza por la que ha luchado durante años, por no mencionar la gran cantidad de dinero que has ganado, no pareces muy contento, Nick.

–No quería perjudicar a Abby.

Noah se lo quedó mirando, y Nick le devolvió la mirada. Finalmente, Noah se encogió de hombros.

–¿Qué tal te ha ido en Los Ángeles?

–Creo que deberíamos vender las propiedades que tenemos allí. Con el actual precio de mercado, obtendríamos un precio satisfactorio. No vale la pena invertir dinero para reparar esos edificios tan antiguos. Voy a redactar un informe.

Noah asintió.

–Tengo que irme. Supongo que te veré el lunes. Llámame si me necesitas.

–Gracias, Noah.

–Y recuerda lo que te he dicho. Mantén la boca cerrada.

Nick asintió y le dijo adiós con la mano. En cuanto la puerta se cerró tras Noah, abrió un cajón y sacó una caja negra, otro de los regalos que había comprado para Abby. Consultó el reloj y se puso de pie. Había llegado el momento de irse. Sintió una oleada de emoción. Confiaba en que pudiera dejar el resto del mundo atrás y pasar juntos el fin de semana.

Odiaba la idea de perderla, pero sabía que era inevitable. Y sabía que tenía que decírselo. Abby se iba a enterar enseguida de la verdad. Exhalando un suspiro, recogió su regalo y se lo metió en el bolsillo de la chaqueta de sport antes de dirigirse hacia la puerta.

Cuando llamó al timbre y esperó, su emoción fue en aumento. La puerta se abrió y el corazón le dio un vuelco. Abby se había puesto una camisa de seda verde esmeralda con pantalones a juego. Llevaba el pelo recogido con un pañuelo a juego. La blusa no tenía mangas y estaba desabrochada lo suficiente como para revelar sus sensuales curvas.

Nick la miró. Sus ojos verdes despedían chispas y revelaban un deseo evidente.

—Entra, Nick —le dijo muy seria con voz ronca.

# *Capítulo Siete*

A Nick se le aceleró el pulso. En cuanto su mirada se clavó en la suya surgieron chispas entre ellos.

Abby dio un paso atrás y Nick entró y cerró la puerta tras de sí mientras ella lo abrazaba. La boca de Nick cubrió la suya con fiereza y la besó apasionadamente, consumido por el deseo.

Abby empujó las caderas contra él y gimió suavemente, volviéndolo loco. Deslizó los dedos rápidamente por la fila de botones. Le abrió la blusa, le desabrochó el sujetador de encaje y le cubrió uno de sus suaves y grandes senos. Hizo círculos con el pulgar sobre su pezón y sus gemidos aumentaron su placer. Mientras la acariciaba, Abby se desabrochó los pantalones y le abrió a él la camisa, deslizando los dedos por la mata de vello de su torso antes de bajar la mano hacia el vientre. Quería tomarla al instante, allí mismo, pero hizo un esfuerzo por controlar su deseo.

Abby se retiró ligeramente para desabrocharle el cinturón y quitarle los pantalones.

–Ha pasado una eternidad, Nick –gimió–. He estado contando los minutos para volver a tenerte entre mis brazos.

–Ah, cariño… Cómo me gusta oírte decir eso –susurró él.

Abby se quitó la camisa del todo y se sacó los pantalones. Nick la devoró con la mirada.

–Nick, mi dormitorio…

Él la besó sin dejarle seguir mientras sacaba un envoltorio de los pantalones. La levantó en brazos y la llevó hasta el dormitorio. Una vez allí la dejó en la cama, solazándose en sus suaves curvas. Deseaba abrazarla para siempre. Mientras la besaba, ella le acarició el cabello. Nick le abrió las largas piernas y se arrodilló ante ellas, deteniéndose para colocarse el preservativo mientras la miraba. Abby tenía el salvaje cabello desparramado por sus pálidos hombros y los verdes ojos le brillaban de deseo.

Abby se incorporó para agarrarle y acariciarle hasta que él volvió a tumbarla, se colocó encima de ella y la penetró muy despacio, tratando de mantener el control mientras ella le enredaba las piernas y los brazos alrededor del cuerpo y lo abrazaba con fuerza.

Abby se revolvió debajo de él, arqueando las caderas, moviéndose más deprisa con él.

–¡Nick! ¡Nick, te deseo! –gritó deslizándole las manos por la espalda y el trasero. Nick supo que iba a perder el control muy pronto. Abby alcanzó el clímax y arqueó la espalda. Él estaba envuelto en su suavidad cuando la embistió y también llegó al orgasmo. Se estremeció.

–¡Abby, cariño! –gritó.

Luego retiró su peso de encima de ella. Le cubrió el rostro de besos suaves y se incorporó para mirarla a los ojos. No quería admitir lo que había hecho. Todavía no. Abby tenía una expresión de radiante felicidad, y la cálida mirada que le dirigió le hizo guardar silencio. La acarició con suma dulzura.

Abby era fantástica, sensual y excitante. No quería dejar de verla, y nunca había sido su intención hacerle daño. Tal vez Noah tuviera razón, y debería dejar que el tiempo siguiera su curso.

–Te he echado de menos, Abby. Estás todavía más guapa que antes –susurró.

–¡Nick, estoy tan contenta de que estés aquí! Estos últimos días se me han hecho eternos.

–A mí también. Quiero irme de aquí contigo donde no puedan interrumpirnos. Mi avión nos espera.

–No podemos encerrarnos allí e ignorar al resto del mundo –comentó Abby, y Nick no supo si lo decía en serio o no, pero quería tenerla en Colorado lejos de la prensa.

–Vamos. Nos damos una ducha rápida y nos subimos al avión.

–Si nos duchamos juntos, no saldremos nunca de aquí –dijo ella con los ojos brillantes.

–Sí, de eso me encargo yo.

Nick se puso de pie y la llevó en brazos al baño. Se ducharon sensualmente, pero él mantuvo su palabra y la secó mientras Abby lo secaba a él. Entonces estuvieron listos para irse.

Vestido con chaqueta sport, pantalones marrón oscuro y camisa beige abierta por el cuello, Nick estaba más guapo que nunca. Abby se dio cuenta entonces de cuánto le había echado de menos. Mientras buscaba su blusa, alzó la vista y lo pilló mirándola.

–No te pares por mí –susurró Nick.

–¿Espera que te ignore? –le preguntó con una sonrisa.

–Es a mí a quien me resulta difícil resistirme a tocarte.

Abby se puso la blusa y salió del dormitorio.

–Sólo un minuto, Nick –dijo. Él salió detrás de ella. En el salón, encima de la mesa, estaba el jarrón de cristal de Waterford que le había enviado. Abby lo agarró, se dio la vuelta y lo miró.

–¡Es fabuloso, Nick! Exquisito –aseguró sonriendo antes de dejar el jarrón sobre la mesa y correr a besarlo.

Nick terminó por apartarse.

–Ya seguiremos con esto en Colorado –aseguró con voz ronca–. Pero tenemos que irnos.

–Me encanta mi regalo, Nick.

–Me alegro, quería animarte un poco, aunque no pareces estar muy triste por lo del trabajo.

–No serviría de nada.

–Vamos –dijo él tomándola de la mano–. ¿Dónde está tu bolsa de viaje?

–En la puerta de entrada. La dejé ahí.

–No la he visto –confesó Nick abrazándola–. Al abrir la puerta, lo único que vi fue a ti. Ah, Abby, cómo te he echado de menos…

\*\*\*

El viaje a Colorado fue corto, y Nick tenía un Jaguar esperándoles en Denver, tan elegante y bien equipado como el deportivo que tenía en Dallas. Condujo hacia el noroeste, hacia las montañas, hasta que llegaron a una carretera estrecha. La vista era espectacular.

–Nadie va a molestarnos este fin de semana –aseguró Nick entrelazando los dedos con los suyos.

–¡Esto es maravilloso! –exclamó ella girándose para mirar los picos nevados, aunque estaban en agosto. Finalmente giraron. Más adelante, construida en la ladera de la montaña, había una mansión palaciega.

–Allí es donde vamos –señaló Nick.

–Parece un club de campo, Nick, aunque está demasiado aislada.

–El aislamiento es parte de su belleza. Allí tendremos paz y tranquilidad.

–Allí veo otras casas, entre los árboles –dijo Abby señalando otra loma. De una de ellas salía humo por la chimenea.

–Mis mejores amigos viven cerca. Tal vez quedemos con ellos el domingo por la tarde. Le diré a Ryan y a Ashley, su mujer, que vengan a cenar con nosotros. No creo que Jake esté. Ya te he hablado de ellos. Son mis mejores amigos, y todos nos construimos una casa aquí para escaparnos. A veces nos gusta reunirnos, pero tú y yo no vamos a ver a nadie hasta el domingo.

–¿Tienes planes? –preguntó Abby sintiendo cómo crecía en ella el deseo de volver a hacer el amor.

Nick le dirigió una mirada ardiente. Estiró la mano para acariciarle la nunca, permitiendo que su mano se deslizara para acariciarle muy suavemente un pezón.

–Estás conduciendo montaña arriba –le advirtió Abby agarrándole de la muñeca para ponerle la mano en el muslo–. Concéntrate en la carretera.

Tardaron media hora antes de atravesar finalmente los abetos y los álamos para llegar a un claro. El sol brillaba sobre el tejado de la mansión de cuatro plantas.

–¡Nick, esto es un hotel, o un castillo! Pensé que tendrías una cabañita rústica.

–No, gracias. Ya tuve bastante rusticidad cuando era niño.

–Me voy a perder en este palacio tan gigantesco –aseguró Abby mirando las dos alas construidas, suficientemente grandes cada una como para ser cada una de ellas una casa independiente.

–Me gusta tener habitaciones suficientes con todas las cosas que me gustan. Aquí he celebrado grandes fiestas y muchos invitados se quedan varios días. Te la enseñaré.

Abby siguió a Nick mientras llevaba las bolsas a la suite principal, que estaba en la segunda planta y ocupaba lo mismo que todo su apartamento.

–Parece que te gustan los espacios grandes, Nick.

–Así es. Crecí en espacios estrechos, compartiendo siempre habitación con mi hermano. Quiero espacio, lujo y comodidades, ahora que puedo permitírmelo.

Abby cruzó unas puertas de cristal y salió a un balcón en el que se divisaban unas espectaculares vistas de las montañas. El aire frío y cortante sopló sobre ella. Observó los nevados picos y las hojas de álamo que brillaban en las laderas bajo la luz del sol. Un arroyuelo cruzaba la propiedad cerca de la casa, y Abby pudo ver un puente de madera curvado sobre las burbujeantes y claras aguas.

–¡Nick, esto es absolutamente magnífico!

–Sí, lo es –murmuró en voz baja mientras se giraba para mirarlo apoyado en el umbral de la puerta. Se había puesto unos pantalones vaqueros, una camisa azul marino y mocasines, y estaba más sensual que nunca. Unos mechones de cabello negro le caían sobre la ancha frente. Se acercó a Abby y le puso las manos en los hombros.

–Es maravilloso tenerte aquí –aseguró–. Te he echado de menos y te he traído un regalo –añadió sacando una cajita del bolsillo y entregándosela.

Abby la agarró sorprendida y lo miró con una sonrisa.

–Me has traído esta mañana un regalo precioso. No hace falta que me cubras de regalos porque haya perdido mi contrato. Ya estoy haciendo planes nuevos, Nick.

–Lo sé –aseguró él con gravedad–. Estoy impresionado con lo fuerte que eres. Te admiro por ello. Estoy seguro de que yo no me habría recobrado tan deprisa de una pérdida tan grande.

–Sí, claro que sí –aseguró Abby acariciándole la mejilla–. Te centrarías en el siguiente asunto sin dudarlo. No habrías llegado hasta donde estás si hubieras permitido que los fracasos te hundieran.

—Abre tu regalo para que pueda volver a besarte.

—Puedes besarme de todas maneras —dijo ella, pero miró el paquetito que tenía en la mano—. Bueno, espera. Voy a abrirlo primero.

Desató el lazo y sacó con cuidado la caja, abriendo la tapa. Dentro, apoyada sobre terciopelo índigo, había un reluciente colgante de una esmeralda rodeada de diamantes engarzados en una cadena de oro.

—¡Nick! —jadeó Abby mirándolo sorprendida—. Es fantástico. No puedo aceptar un regalo así.

—Por supuesto que puedes —aseguró él divertido—. Lo he comprado para ti y quiero que lo tengas —lo sacó de la cajita—. Date la vuelta. Quiero que te lo pongas esta noche. Esto y nada más.

—¡Es demasiado bonito para llevarlo en la cama, Nick!

—Si te lo pones para mí, no —se lo abrochó al cuello, cubriéndole la nuca de unos besos que la hicieron estremecerse. Se giró para mirarlo, y rozó suavemente el colgante con las yemas.

—Es la joya más hermosa que he visto en mi vida, Nick.

—Quiero que te la quedes y la disfrutes —aseguró él—. Cuando vi las esmeraldas pensé en tus ojos verdes.

Abby le echó los brazos al cuello, se puso de puntillas y lo besó. La conversación quedó interrumpida hasta horas más tarde, cuando estaban cenando la langosta que Nick había preparado.

–Eres un buen cocinero, tienes muchas cualidades –aseguró Abby cerrando los ojos mientras masticaba y saboreaba la deliciosa langosta.

–Gracias, me alivia comprobar que tu opinión sobre mí ha cambiado.

–Por supuesto que sí –dijo ella con calor–. Le he dicho a mi padre dónde estuve el fin de semana pasado.

Nick dejó el tenedor sobre la mesa y se la quedó mirando.

–¿Y…?

–También le dije que iba a irme contigo este fin de semana –añadió, dándose cuenta de que ahora tenía toda la atención de Nick, que había dejado de comer–. Me dio un ultimátum. Dijo que, si me iba contigo, no volviera. No sólo me he quedado sin trabajo, sino que también me ha desheredado y me ha echado de su vida.

–¿Ha desheredado a su propia hija? –Nick se levantó de la silla y apretó los puños.

–¿Dónde vas? –sorprendida por aquella reacción, Abby lo vio rodear la mesa. Se acercó a ella en dos zancadas. La estrechó entre sus brazos y la besó con fuerza. Conmocionada ante tan intensa reacción a sus noticias, se quedó paralizada un instante y luego le rodeó con sus brazos y lo besó. De pronto, él la soltó bruscamente y clavó sus ojos oscuros en los suyos.

–¡Abby, te juro que nunca quise hacerte daño al llevarte conmigo el fin de semana pasado! Te lo digo de todo corazón –aseguró Nick con solemnidad–. Nunca ha sido mi intención perjudicarte.

–Ya lo sé –replicó Abby–. Nick, no podía saber cuando me pediste que me fuera contigo al yate que mi padre iba a tomar una decisión tan drástica. Yo nunca pensé que llegaría tan lejos, y eso que he vivido toda mi vida con él. No te culpes por lo ocurrido.

–Me gustaría poder cambiar algunas cosas del pasado, pero no el tiempo que hemos pasado juntos –aseguró Nick con la preocupación reflejada en los ojos.

–Te estás preocupando demasiado por este asunto. Mi padre no puede controlar a quién veo –dijo Abby–. Si le hubiera permitido que se saliera con la suya, habría dominado todo como si siguiera siendo una niña. No te preocupes. Fue decisión mía. No me arrepiento de haberme ido contigo.

Nick sacudió la cabeza y le sujetó suavemente el rostro con las manos.

–Escúchame –le dijo con voz áspera–. Te prometo que no quise hacerte daño nunca, en ningún sentido. El problema lo he tenido siempre con tu padre, nunca contigo.

–Ya lo sé, Nick –lo tranquilizó Abby, sorprendida por la profundidad de su reacción y preguntándose por qué pensaba que era culpable de sus problemas con su padre. Tenía la impresión de que había algo más que molestaba a Nick, pero no sabía de qué se trataba. Aunque tal vez se lo estaba imaginando.

–Siéntate y come, Nick. Esta cena está demasiado deliciosa como para desperdiciarla, y yo estoy hambrienta. Deja de preocuparte.

Para su sorpresa, él no respondió con su coqueteo habitual, sino que regresó a su asiento con gesto sombrío.

–¿Hablaba en serio cuando te dijo que no volvieras al trabajo?

–Oh, sí. Mi padre no bromea cuando se trata de trabajo o de dinero. Estaba furioso por la pérdida de la venta, y cuando le dije que estaba contigo creo que perdió los estribos, pero lo que de verdad le enfurece es haber perdido el dinero del acuerdo. También ha despedido a Quinn Nash, mi compañero.

–Ven a trabajar conmigo.

Abby se rió y estiró el brazo para darle una palmadita a Nick en la mano.

–Eso es muy bonito por tu parte, Nick. Gracias. He estado pensando en ello y creo que puedes ayudarme porque tú tienes mucha experiencia. Ya te dije que lo que de verdad deseaba era establecerme algún día por mi cuenta. Bueno, me he dado cuenta de que éste es el mejor momento para hacerlo si consigo arreglármelas. El problema es que no tengo mucho ahorrado y mi padre intentará dejarme sin fondos. Aunque no creo que pueda tocar lo que mi abuelo me dejó. Tal vez mañana después de cenar, o mañana, o en algún momento del fin de semana, puedas ayudarme a ver qué me haría falta. Tú fundaste tu propia empresa.

–¿Estás segura de que no quieres trabajar en la mía? –quiso saber. Y la pregunta quedó flotando entre ellos durante unos instantes. La mirada de

Nick resultaba inescrutable, y Abby no supo si realmente quería que lo hiciera o no, pero a ella no le parecía la mejor idea. Negó con la cabeza.

–Mi sueño es tener mi propio negocio. Por supuesto, papa me dará quebraderos de cabeza e intentará que la gente me boicotee.

Nick soltó una palabrota.

–¿Cómo puede hacerte esto? Mis padres se peleaban entre ellos, pero nunca nos trataron mal a nosotros.

–Mi padre tiene muy mal carácter y no le gusta perder dinero. Aprendí de muy pequeña que el dinero es lo más importante en el mundo para él. Mi madre lo sabía, y disfrutaba de su dinero. Para mí no es una prioridad en la vida. Es más importante la gente que quiero. A papá no le gusta que le lleven la contraria, y durante años yo no lo he hecho. Pero finalmente me he dado cuenta de que tengo que decidir hacia dónde dirijo mi vida.

Nick estiró el brazo para tomarla de la mano.

–Abby –dijo en voz baja mirándola fijamente–. Ese contrato que has perdido… –se detuvo y ella esperó.

–Nick, deja de preocuparte. Habrá otras ventas, otras propiedades y otros clientes. Me repondré, y mi padre también, y todos saldremos adelante. Yo escogí estar aquí el fin de semana contigo.

–Te he causado dolor y muchos problemas –aseguró él con solemnidad apretando las mandíbulas.

–Tómate la cena, Nick –le urgió Abby retirando la mano–. Cuando hayamos terminado con las langostas puedes ayudarme a hacer planes para mi futuro. Olvidemos el pasado –le sonrió y probó otro bocado de su plato–. Es una cena fabulosa y tengo un espectacular collar de diamantes y esmeralda y un experto que me va a ayudar a planificar mi futuro. Quiero besarte de los pies a la cabeza, muy despacio, por toda la espalda y por las piernas, hasta donde me lleve… –dijo con dulzura.

–Si quieres terminarte la langosta, será mejor que no me tientes así. No quiero esperar.

Riéndose, Abby le agarró de la muñeca al ver que se ponía de pie.

–¡Siéntate y termina de cenar! –exclamó–. Te quedas aquí, me dejas comer y luego haremos algo más. Yo voy a terminarme mi langosta.

Abby le sonrió y Nick la observó con fijeza. Había dejado de comer. Abby sintió un escalofrío de emoción, porque sabía que estaba pensando en hacer el amor. Agarró otro trozo de langosta pero al instante lo volvió a dejar. Quería sentir los brazos de Nick rodeándola.


En las primeras horas de la mañana, Nick abrazó con fuerza a Abby mientras ella dormía. Miró a través de las puertas de cristal de su balcón y vio que todavía había estrellas titilando en el cielo. Había estado a punto de confesarse ante Abby al menos tres veces durante la noche, pero no le salían las palabras. Sabía que tenía que decírselo. No podía seguir dejando que le hablara de aquella venta sin mencionar que había sido su empresa la que se la había arrebatado.

Estaba asombrado de lo bien que lo llevaba. Se había liberado de aquella carga como si fuera algo del pasado y ya estaba planeando el futuro. Su capacidad de adaptación le admiraba. Él no habría sido capaz de reponerse tan deprisa. Lo que hacía que su engaño resultara más abyecto.

Al mirarla ahora, jugueteó con uno de sus mechones de seda rojiza entre los dedos. Estaba hecha un ovillo a su costado, con una de sus largas y bien torneadas piernas montada encima de las suyas. Desnuda resultaba de una belleza arrolladora. El collar de esmeralda y diamantes colgaba sobre su pálido y delicado cuello.

En cuanto admitiera lo que había hecho la perdería, y todavía tenía un largo fin de semana por delante, o tal vez más tiempo, porque ella no tenía la presión de regresar a Dallas por trabajo. Quería tenerla allí, y quería vivir aquel idilio. No lo sabotearía antes de tiempo. Se lo contaría justo antes de volver a casa, o cuando llegaran a Dallas.

Tal vez Abby lo odiara todavía más por no habérselo contado el fin de semana, pero en cualquier caso iba a perderla. No estaba acostumbrado a que las mujeres lo dejaran, y menos las que le gustaban, y la idea le resultaba perturbadora. Pero sabía que era inevitable, así que la olvidaría como había olvidado a otras. Las mujeres nunca le duraban mucho, y ésta no iba a ser una excepción. Su relación con Abby iba a terminar por su culpa mucho antes de lo que a él le gustaría. Nick maldijo entre dientes y le acarició suavemente la mejilla, deseando que nunca tuviera que enterarse de quién estaba detrás de aquel acuerdo. No soportaba la idea de perderla. Lo excitaba más que ninguna otra mujer que hubiera conocido. Al pensar en volver a hacerle el amor y deslizar la vista libremente por su cuerpo, volvió a excitarse. Abby era capaz de provocarle eso dormida y sin ningún esfuerzo. Trataría de convencerla para que se quedara toda la semana con él en Colorado. Estaban completamente aislados a excepción de sus amigos, así que las noticias sobre la venta no llegarían hasta allí.

Nick pensó que debía recordar en algún momento llamar a su amigo Ryan cuando Abby no lo viera y decirle que, si sabía algo respecto al contrato de Masaryk, que evitara sacar el tema, y que se lo dijera también a Jake. No creía que Jake y Emily estuvieran allí. Invitaría a Ryan y a Ashley a cenar alguna de las noches del fin de semana y se los presentaría a Abby.

Nick deslizó suavemente los dedos por los senos de Abby. Ella suspiró y se estiró. Debería dejarla dormir, pero la deseaba. Se moría por sentir sus besos, y estaba listo para hacerle el amor. Se inclinó y cubrió de besos suaves sus exquisitas curvas mientras le retiraba la sábana para desnudarle los senos. Sus besos siguieron la dirección de la sábana, deslizándose hacia abajo, hasta besarle uno de los pezones. Ella volvió a estirarse y gimió, hundiéndole los dedos en el pelo y girándole la cabeza para besarlo. Nick se colocó encima de ella, manteniendo su propio peso con los brazos mientras la besaba ferozmente. La deseaba todavía más que la primera vez que habían hecho el amor. Y supo que no le diría nada mientras pudiera evitarlo.

El domingo por la noche, Abby se vistió con unos pantalones blancos, camisa blanca y sandalias a juego de tacón alto, con lo que estaba sólo unos centímetros por debajo de Nick cuando salió del cuarto de baño. Él dejó que su mirada se deslizara despacio por ella. Se acercó a ella y Abby lo observó con la misma parsimonia.

Vestido con pantalones de algodón, camisa negra y mocasines marrones, estaba increíblemente atractivo y Abby se estremeció. Estaba deseando que terminara la velada y volver a estar entre los brazos de Nick.

Alzó la vista hacia sus ojos oscuros, que encerraban deseo, y supo que se estaba enamorando de él. Seguía siendo el enemigo de su padre, pero su padre había renegado de ella, así que, ¿por qué debía preocuparse siquiera de lo que pensara? Se dio cuenta entonces de que se había liberado de aquella preocupación. Era libre para amar a Nick, quien había admitido que no podía comprometerse nunca de forma permanente, ni aunque en algún momento correspondiera a su amor.

–En un principio –dijo rodeando el cuello de Nick con sus brazos y sonriéndole–, te consideraba un enemigo de la familia, pero era por culpa de mi padre. Ahora que me ha echado de su vida, no tengo por qué preocuparme de estar contigo –aseguró con tono seductor.

Entonces vio cómo las facciones de Nick se cubrían de una expresión inescrutable y algo se despertaba en el fondo de sus ojos. Abby se preguntó en qué estaría pensando, porque su afirmación había provocado en él una reacción diferente a la que esperaba. Se preguntó si Nick no sería reacio incluso a un compromiso a corto plazo.

–Deberíamos ser amigos, Abby –declaró con solemnidad.

–Ya lo somos –respondió ella sonriendo–. Si arranco mi propio negocio, podrías borrarme del mapa con facilidad.

–Te prometo que no haré nada semejante.

–Espero que mantengas tu palabra. En caso contrario, tendré que cambiar de estrategia y mostrarme desconfiada contigo.

–Ryan y Ashley te van a adorar –dijo Nick cambiando bruscamente de tema. Abby se quedó sorprendida una vez más por su reacción.

–Será mejor que me arregle el pelo. Van a llegar antes de que esté lista –se acercó a la cómoda para sacar un cepillo del cajón y luego dio un paso atrás para mirarse en el espejo. Nick se acercó por detrás y le quitó el cepillo para pasárselo por el pelo con suaves pases.

–Eres preciosa –dijo con voz ronca–. ¿Te lo he dicho alguna vez?

–Nunca son suficientes –aseguró ella sonriendo y cruzándose con su oscura mirada en el reflejo del espejo.

–Ya tienes que volver al trabajo. Quédate la semana que viene conmigo.

Abby alzó las cejas y lo miró sorprendida.

–Pero tú tienes que ir a tu oficina, tendrás citas y…

–Las cancelaré todas si te quedas –dijo con tono grave. Apretó las mandíbulas y el deseo era una llamarada en sus ojos.

Abby sopesó la invitación y pensó en lo que tenía que hacer, aunque sabía que todo podía esperar. Pero si seguía pasando tanto tiempo con Nick, acabaría perdidamente enamorada de él. ¿Y tan malo sería eso? La terrible respuesta le vino enseguida a la mente, porque Nick nunca consentiría en casarse, y si Abby se enamoraba, eso era lo que querría hacer. Y sin embargo, ¿qué daño podía hacerle a su lado? Serviría para crear un lazo que tal vez pudiera sujetarlo.

Abby asintió con la cabeza.

–Supongo que podría quedarme.

Los ojos de Nick brillaron de felicidad y aspiró con fuerza el aire, expandiendo el pecho.

–¡Fantástico! –aseguró arrojando a un lado el cepillo y girándose hacia ella para estrecharla entre sus brazos y besarla.

Le deslizó la lengua en el interior de la boca, acariciando la suya, encendiendo al instante su deseo, y Abby lamentó que tuvieran compañía aquella noche, aunque se alegraba de quedarse una semana con él. Se agarró a Nick, apretando las caderas contra él y abrazándolo con fuerza. Él le deslizó la mano bajo la blusa de seda y le acarició un seno, rozándole el pezón y obligándola a gemir mientras sus besos ardían de pasión.

–¡Nick! –exclamó finalmente apartándose y tratando de atusarse la ropa–. ¡Mírame, estoy toda arrugada!

–Te deseo, Abby –le dijo con voz ronca, acercándose para estrecharla entre sus brazos de nuevo–. Ven aquí –le ordenó, besándola para acallar sus protestas.

Ella se rió y le puso las manos en el pecho para apartarlo de sí.

–Tenemos que parar. Tus amigos llegarán enseguida y no quiero dejarlos esperando en la puerta.

–Es verdad, maldita sea. Le pienso decir a Ryan que se vaya antes a casa.

–¡Ni se te ocurra! Me moriría de vergüenza. ¡Mírame! –exclamó Abby metiéndose de nuevo la blusa en los pantalones–. Estoy arrugadísima. Tengo que cambiarme –comenzó a desabrocharse los botones.

Se apartó unos centímetros de Nick.

–Mantén las manos quietas durante unos minutos y deja que me prepare –dijo mientras se acercaba al armario para buscar algo que ponerse–. Me dijiste que Ryan trabajaba en el sector hotelero –comentó buscando un tema menos conflictivo–. ¿A qué se dedica Jake?

–Es un mago de las finanzas. Un multimillonario

texano lo tomó bajo su protección y nos ayudó a todos. Jake nos ha aconsejado magníficamente en cuestiones financieras a Ryan y a mí. Hemos tenido suerte.

–¡Qué bien! No me extraña que seáis tan buenos amigos.

–Me siento tan unido a ellos como a Noah, mi hermano –Nick volvió a agarrar el cepillo para pasárselo por el cabello–. Me gusta tocarte.

–Ya mí me gusta que lo hagas, sólo que ahora mismo no creo que sea lo más inteligente que puedes hacer. Tengo que prepararme porque deben de estar a punto de llegar.

–Te esperaremos si te retrasas. Nadie va a ir a ninguna parte –Nick se inclinó para besarla fugazmente en los labios. Sonó la campanilla y Nick sacudió la cabeza.

–Les haré pasar y te veremos abajo cuando estés preparada.

–Estaba lista hace veinte minutos, Nick –protestó Abby cepillándose vigorosamente el cabello mientras él se marchaba con una sonrisa.

En cuestión de minutos bajó al lujoso salón y sonrió a la pareja que se giró para mirarla. Un hombre alto de cabello oscuro estaba con ellos. Cuando Abby sonrió y cruzó la estancia, Nick se acercó para pasarle el brazo por los hombros.

–Ven a conocer a mis mejores amigos, Abby. Éstos son Ashley y Ryan Warner –dijo. Y Abby saludó a una guapa rubia de ojos azules y al atractivo hombre de cabello oscuro que estaba a su lado–. Y éste es

Jake Thorne. Su esposa, Emily, no ha podido venir, pero Jake va a pasar unos días aquí. Ashley y Ryan tienen un bebé.

–¿Niño o niña? –preguntó Abby.

–Un niño –respondió Ryan–. Tiene diez meses y se ha quedado con la familia de Ashley.

–A mi padre y a mi abuela les encanta cuidar de él. Viven en la granja donde yo me crié, y si pueden quedarse con Ben unos días, papá deja los trabajos de la granja y mi abuela se dedica a adorar a Ben. Todo el mundo está contento –aseguró Ashley mirando a Ryan, que le devolvió una mirada tan cálida que Abby anheló por un instante que Nick la mirara igual. Resultaba obvio que Ashley y Ryan estaban locamente enamorados. Él la sujetaba suavemente de la cintura, pero las miradas que intercambiaban con frecuencia eran tan claras como si hicieran una declaración de amor en voz alta.

Nick hizo a la plancha unos filetes de trucha que había capturado y congelado en un viaje anterior. Los hombres se quedaron hablando de pie mientras Ashley se sentaba con Abby. En una ocasión, durante la cena, vio a Jake mirando fijamente al vacío con expresión preocupada mientras Ryan y Nick hablaban, y Abby se preguntó por qué no estaba su esposa con él.

Más tarde aquella noche, cuando la gente se hubo marchado y Nick cerró la puerta tras ellos, se giró y le preguntó a Nick sobre su amigo. Él se encogió de hombros.

–No lo sé. Jake ha dicho que tenía otros planes y que no había venido con él a Colorado.

–Parecía preocupado o triste, Nick. No le conozco lo suficientemente bien como para saber cuál de las dos cosas.

–Yo no me he dado cuenta de otra cosa que no fuera una excitante pelirroja –dijo acercándose a ella. Abby había comenzado a recoger los vasos, pero Nick se los quitó de las manos y los volvió de dejar sobre la mesa, atrayéndola hacia sus brazos para besarla.

El martes por la mañana, Abby observó los picos cubiertos de nieve y cómo los halcones volaban en círculos en las corrientes de aire. Se terminó las fresas y el café en la terraza, pensando en el momento en que regresaría a Dallas.

–Nick, vamos a ponernos a trabajar un rato.

–Claro, cariño –Nick arrastró las palabras.

–Quédate donde estás. O traeré bolígrafos y papel y estudiaremos a ver qué necesito para montar mi propio negocio.

Cuando regresó, Nick había despejado la mesa. El ambiente estaba fresco y frío y el viento soplaba a través de los altos pinos. Nick tenía las piernas estiradas y miraba hacia las montañas. Se reclinó en la silla. Llevaba puestos unos pantalones vaqueros y una camisa marrón, y tenía un aspecto saludable y fuerte. A Abby se le aceleró el pulso al verlo y pensó en el maravilloso regalo que suponía aquella semana en su frenética vida. El tiempo que pasaba con Nick era el paraíso. Le encantaba estar con él y no quería pensar en trabajo ni en volver a Dallas, pero aquélla era una buena oportunidad para obtener el punto de vista y el consejo de Nick.

Él se puso de pie y le sujetó la silla, acariciándole la nuca mientras colocaba la suya al lado.

–¿Qué es lo que quieres saber?

–Cuánto dinero crees que voy a necesitar y qué cosas debo hacer desde el principio.

Mientras Nick hablaba, Abby iba escribiendo deprisa, apuntando lo que decía y deteniéndose de vez en cuando para hacerle alguna pregunta. Transcurrieron casi dos horas antes de que hablaran del asunto de las finanzas y el respaldo que se necesitaría.

Nick le sugirió que comenzara con una oficina pequeña, y le aseguró que enseguida se daría cuenta de que iba a necesitar mucha más financiación de la planeada.

–No sé si voy a poder arreglármelas –dijo ella rascándose la frente–. Y tengo la sensación de que mi padre va a causarme todos los problemas que pueda.

Nick soltó una palabrota y apartó la vista.

–Maldita sea, ven a trabajar conmigo, Abby. Eso solucionaría la mayoría de tus problemas y mantendría a tu padre en su sitio. Estarías en una posición en la que él no podría interferir.

Ella negó con la cabeza.

–No, Nick, no voy a esconderme detrás de ti. Quiero establecerme por mi cuenta. Y, ¿quién sabe? Tal vez tú y yo nos peleemos y entonces no queramos vernos diariamente.

–¿Crees que veo todos los días a la gente que trabaja conmigo? –preguntó Nick con ironía–. Eso no sucede ni siquiera con mi hermano Noah.

–No. Prefiero trabajar por mi cuenta. Tiene que haber alguna manera de conseguirlo.

–Si tu padre está tan vengativo como dices, cerrará todos los canales a los que sueles acudir.

–Tal vez, pero tengo un buen historial –Abby inclinó la cabeza para observarlo–. A ti te va a crear más problemas porque estoy saliendo contigo. Te odiará más que nunca por esto. Ya sé que no te importa, pero puede ser muy mezquino. Aunque nunca se ha mostrado violento.

–No me preocupa tu padre –dijo él en el momento en que sonaba su teléfono móvil. Lo descolgó–. Discúlpame, Abby.

–Adelante. Voy a buscar más café –dijo entrando para dejarle intimidad.

Transcurrieron unos minutos y él entró a su vez.

–Lo siento, pero tengo que hacer unas llamadas.

–Sí, lo comprendo –lo tranquilizó Abby con una sonrisa.

Cuando él volvió, Abby estaba sentada fuera admirando las vistas, haciendo una lista de los contactos con los que creía que podría contar a pesar de su padre.

–Lo siento, Abby.

–Deja de disculparte, Nick. Ya sé que estás ocupado y no me importa que atiendas llamadas, yo haría lo mismo.

–Ninguna mujer me había dicho eso nunca. Normalmente lo odian.

–Yo no soy como las demás mujeres que has conocido –murmuró Abby con tono irritado. No quería hablar de ninguna otra mujer en su vida, y sintió una punzada de celos, algo que no había experimentado nunca con anterioridad–. A mí no me importa. Me gustaría menos que antepusieras tu vida social a tus compromisos laborales, y te sorprendería saber que la mayoría de los hombres no piensan así. Actúan como si tuvieran la edad de mi padre, no la mía.

–Conoces a los hombres equivocados, Abby –aseguró Nick divertido.

–Y tú a las mujeres equivocadas, sin duda –respondió ella con una sonrisa.

Nick se puso de pie y se acercó a ella. Abby distinguió su deseo y supo que estaba excitado, y eso la excitaba a ella. Nick la atrajo hacia sí y la besó hasta que la agarró en brazos para llevarla al dormitorio, donde la dejó en el suelo, la estrechó entre sus brazos y siguió besándola hasta que Abby le sacó la camisa de los pantalones mientras que Nick sacaba la suya por la cabeza.

Sonó el teléfono móvil de Nick y ella lo escuchó vagamente. Cuando se dio cuenta de lo que era, se apartó de él.

–Nick…

–Permito que los negocios interrumpan mi vida social, pero no van a interrumpirme cuando estoy a punto de hacerle el amor a una mujer fascinante. Eso es muy diferente.

–Responde a tu llamada –dijo Abby sonriendo y

117

agarrándole las manos–. Yo voy a seguir aquí –dijo con dulzura apartándose de él y saliendo a toda prisa de la habitación.

Unos minutos más tarde, Nick entró en el salón, donde Abby estaba sentada en el sofá vestida únicamente con la ropa interior de encaje. Se acercó a ella con los ojos brillantes, la estrechó entre sus brazos para besarla apasionadamente y la conversación murió allí.

# *Capítulo Ocho*

Al día siguiente de regresar de Colorado, Nick condujo hasta la sede de Colton y se detuvo en el despacho de Noah de camino al suyo. Su hermano se había quitado la chaqueta, tenía la corbata suelta y las mangas enrolladas mientras revisaba unos papeles en su escritorio. Cuando Nick entró, dejó el bolígrafo en la mesa y se reclinó hacia atrás con una sonrisa de oreja a oreja.

–Hola, hermano –lo saludó–. Siéntate. Creí que ya no ibas a volver nunca.

–No quería volver.

–Confío en que no hables en serio. Aunque teniendo en cuenta tu historial con las mujeres, no creo que sea así. Por cierto, Nick, hemos recibido tres llamadas de la prensa para entrevistarnos por la venta de Masaryk. ¡Este acuerdo es fabuloso!

Nick alzó las cejas y se acercó a la ventana para mirar hacia fuera.

–¿Dónde está tu habitual entusiasmo ante un acuerdo tan lucrativo como éste?

Nick se giró para mirar a su hermano.

–Está todo bien, Noah. Lo que ocurre es que no me gusta haber pasado por encima de Abby para conseguirlo.

–¿Está completamente destrozada?

–Todo lo contrario. Está muy entera, y tiene planeado empezar su propio negocio y competir contra su padre.

–¡Que me aspen! –exclamó Noah con los ojos abiertos de par en par–. Eso resulta difícil de creer. Ha perdido una venta millonaria, el trabajo y además ha cortado relaciones con su padre. Es demasiado.

–Sí, estoy de acuerdo, y eso es lo peor.

–Doy por hecho que no le has confesado tu parte.

–No, no lo he hecho –aseguró Nick con un suspiro, girándose para mirar la ciudad. Se preguntó qué estaría haciendo Abby en aquellos momentos y deseó que estuvieran aislados en Colorado.

–Tengo la sensación de estar sujetando una bomba de relojería.

–Te va a hacer explosión en la cara en cualquier momento. Mañana saldrá en los periódicos.

Nick se estremeció y dejó escapar un profundo suspiro.

–Supongo que eso significa que más me vale contárselo esta noche, si es que ya no lo sabe.

–Yo creo que sí, Nick. Ella no te importa tanto, ¿verdad?

Nick miró a su hermano y pensó en Abby y en la semana que habían pasado juntos.

–La voy a echar de menos.

Noah sacudió la cabeza.

–Estás dolido porque no eres tú quien controla la situación. Eres tú quien se larga siempre, no las mujeres con las que sales, y eso ocurre cuando tú quieres. La semana que viene ya estarás saliendo con otra, Nick. ¡En cualquier caso, puedes disfrutar de tu venganza porque lo has conseguido, Nick! Has machacado a Gavin. Le has hecho perder millones en los negocios y has seducido a su hija –Noah soltó una carcajada–. Sal conmigo esta noche a celebrarlo. Te invito al filete más grande que encontremos, y brindaremos con champán.

Nick sonrió ante el entusiasmo de Noah.

–Será mejor que lo dejemos para otra ocasión. Esta noche he quedado a cenar con Abby y voy a tener que contárselo –dijo deseando poder volver a la semana anterior.

–Claro. Cuando te venga bien házmelo saber. Reuniré a todos los que han trabajado en la venta y lo celebraremos a lo grande. ¡Es maravilloso, Nick! Gavin Taylor tendrá que vivir el resto de su vida sabiendo lo que ha ocurrido.

–Será mejor que me ponga en marcha –dijo Nick sonriendo y saliendo del despacho de Noah para dirigirse al suyo. Pensó en la cena de aquella noche y decidió llevarse a Abby a su casa y cocinar para ella. No imaginaba cómo iba a contárselo. Lo odiaría, y se enfadaría todavía más al saber que había esperado todo aquel tiempo para confesarlo.

No quería perderla, y pensaba retrasarlo incluso hasta por la mañana. Quería que se quedara a pasar la noche con él. Quería volver a hacerle el amor.

\*\*\*

Abby se bañó, se cambió de ropa y se acercó a su escritorio para sacar la lista que había hecho. Comenzó a llamar a sus contactos y trató de fijar algunas citas para hablar con gente con la que le gustaría trabajar. Había decidido optar por ambas posibilidades y ver qué le ofrecían mientras trataba de crear su propio negocio. Llamó a Quinn Nash y escuchó su alegre saludo.

–¡Hola, Abby!

–Suenas muy contento, ¿significa eso que se te presenta un buen futuro?

–Supongo que sí. He recibido ofertas tentadoras de otras empresas. ¿Y qué me dices de ti? ¿Crees que cuando se calmen las aguas tu padre querrá que vuelvas?

–No lo sé –aseguró Abby–. Pero sigo pensando en establecerme por mi cuenta. ¿Por qué no quedamos un día de esta semana y hablamos de ello? Nick me ha dado las cifras que él manejó cuando empezó. Eso nos dará ideas.

–Claro. Dime un día y una hora.

–¿Qué te parece si comemos el jueves? –le preguntó mirando el calendario.

–Estupendo. Dime dónde y allí estaré. ¿Te ha animado Nick a hacer esto?

–Él quería que trabajara en su empresa. Pero yo no creo que sea una buena idea.

Siguieron hablando unos minutos más y luego Abby colgó. Se quedó mirando el teléfono, pero no se le quitaba de la cabeza la idea de establecerse por su cuenta.

Hizo un par de llamadas más. Ya tenía cuatro

citas para finales de aquella semana. Tenía confianza en el futuro.

Levantó la vista y se llevó una sorpresa al ver a su padre avanzando a grandes zancadas en dirección a su apartamento. Abby se puso tensa y se preguntó qué querría. A juzgar por su expresión feroz, no se trataba de nada bueno. Llevaba puesto uno de sus carísimos trajes marrones y tenía un aspecto agresivo y al mismo tiempo triunfador. Abby estaba segura de que quería algo. No podía imaginarse qué, pero sin duda no había venido a pedirle disculpas ni a pedirle que volviera. Su padre nunca admitiría que se había equivocado. Abby estiró los hombros y se acercó a la puerta para recibirlo.

–Menuda sorpresa –dijo abriendo y haciéndole un gesto para que entrara. Su padre pasó y la miró con las manos en las caderas.

–Quiero hablar contigo.

–Claro, vamos al salón –dijo guiándole–. Siéntate, papá. ¿Te apetece tomar algo?

–No –Gavin se movía con impaciencia por el salón hasta que se sentó en un sillón mirándola. Ella tomó asiento enfrente y esperó.

–¿Qué tienes pensado hacer? ¿Trabajar con Martin? –le preguntó.

Abby pensó en Wade Martin, uno de los comerciales de la inmobiliaria de su padre.

–No, aunque tengo una cita para verlo mañana. Tengo concertadas otras entrevistas. ¿Le estás diciendo a la gente que no me contrate?

–No –aseguró su padre entornando los ojos–. Lo

que hagas es asunto tuyo. Hay un par de cosas que quiero arreglar. Una es que tienes las llaves de mi casa y de mi oficina. Quiero que me las devuelvas.

Abby lo miró un instante con asombro.

–Desde luego, pero hay algunas cosas que quisiera recoger de tu casa. Todavía tengo allí una habitación –dijo sintiendo una punzada de dolor. Su padre quería cortar cualquier vínculo con ella.

–Pues pasa a buscarlas mañana –le espetó él–. No estás trabajando, así que tienes todo el tiempo del mundo. Si no lo haces, las sacaré de allí.

El dolor volvió a atravesarla, y se odió a sí misma por permitir que le hiciera tanto daño. Deseó poder ser tan fría como lo estaba siendo él.

–¿Vas a cortar todos los lazos familiares sólo porque he perdido una venta y porque estoy viendo a Nick? –le preguntó, y deseó no haberle dado la satisfacción de verla herida.

–Creo que son motivos suficientes. Ya sabes lo que pienso de Colton, ese bastardo mentiroso.

–En cualquier caso, yo soy tu hija.

–Ya no –aseguró Gavin con los ojos llenos de ira. Tenía el rostro sonrojado, y Abby se dio cuenta de que seguía furioso y estaba tratando de controlarse. Vio que agarraba el brazo del sillón con fuerza.

–Iré a por tus llaves –dijo con tensión, conmocionada por el comportamiento de su padre. Nunca antes se había puesto así. Habían tenido alguna pelea ocasional en el pasado, cuando Abby dejó de hacer siempre las cosas como él quería, pero nada parecido a aquello. Era su única hija, y su madre había muerto cuando ella tenía quince años. Durante unos años, su padre y ella estuvieron muy unidos, aunque él siempre estaba ocupado y Abby apenas lo veía.

Regresó llevando las llaves en la mano. Cruzó el salón para dárselas y su padre se puso de pie, guardándolas en el bolsillo.

–Has cometido grandes errores, pero tuviste oportunidad de escoger en el peor de todos. Y sabías lo que estabas haciendo. Lo demás puede ser cuestión de torpeza y de inexperiencia, pero no lo es salir con mi peor enemigo.

–Nunca he sabido por qué lo es –dijo Abby–. Nick es de mi edad. ¿Qué te hizo para que empezaras con esto?

–Es basura, era pobre y sucio y quería que le diera trabajo, y yo le dije que se largara. Nunca me he arrepentido. Desde entonces ha competido conmigo en los negocios.

–No entiendo qué hizo para que estés tan en contra suya –dijo ella, consciente de que tenía que haber algo más de lo que su padre le estaba diciendo.

–Hay muchas cosas que no entiendes, Abby. Ni siquiera conoces a ese hombre. Vas por ahí a ciegas sin saber nada ni comprobar las cosas. Por eso perdiste esa gran venta. Te marchaste. Ni siquiera estabas en la ciudad cuando Masaryk empezó a hablar con otra gente. ¡Quinn lo supo antes que tú! ¿Quién crees que te robó la venta? –le preguntó su padre con los ojos tan brillantes de triunfo que Abby se quedó congelada, como si le hubieran arrojado un cubo de hielo.

–Propiedades Centennial –respondió ella tensa, deseando taparse los oídos y salir de la habitación para evitar cualquier conversación con su padre.

–¿Y sabes quién es el dueño de Centennial? –preguntó Gavin con voz suave, aunque con un tono victorioso que le heló la sangre.

No podía tratarse de Nick. No podía haber sido tan falso con ella, seduciéndola, coqueteando con ella, regalándole aquel collar de diamantes y esmeralda. Aunque sabía que para él eso era una baratija.

–No, no lo sé. La venta se perdió. Ya no trabajo para Propiedades Taylor, así que no me interesa –respondió con la esperanza de sonar más segura de sí misma de lo que estaba.

–El padre de Nick Colton trabajó para mí. Era un borracho inútil.

–No lo sabía. ¿Qué fue lo que hizo? No recuerdo a ningún Colton trabajando para nosotros.

–No duró mucho, y tú eras muy pequeña. Era jardinero, y lo que no sé es cómo consiguió referencias. Le despedí. Y luego no quise contratar a su hijo cuando empezó en el negocio inmobiliario. Nick Colton es el dueño de Centennial –anunció Gavin triunfalmente.

Estupefacta, aunque había adivinado que ésa podría ser la respuesta a la pregunta de su padre, se quedó mirándole fijamente, pero sólo vio a Nick.

–No te creo –aseguró con frialdad, asombrada de hasta dónde podía llegar su padre para hacerle daño–. Si Nick Colton fuera el dueño de la empresa que se quedó con la venta, habría salido en las noticias y Quinn lo habría sabido.

–Compraron Centennial en febrero, y estamos en agosto. Al final acabará saliendo en la prensa.

–No te creo, pero si al final resulta que es suya, tendré que escucharle admitir que él estaba al tanto de la operación Masaryk. Alguien de su equipo pudo haber comprado Centennial sin que Nick lo supiera siquiera. Tiene muchos negocios.

–Él lo firma todo. Si alguien adquiere una empresa nueva, Nick se entera. Te estás engañando a ti misma. Te ha embaucado y, en cuanto pueda, te dará la patada.

El comentario de su padre le dolió, pero Abby no podía creerse que Nick la hubiera traicionado deliberadamente después de todo lo que habían compartido.

Algo en su interior se rompió en mil pedazos, y Abby supo que se trataba de su corazón. ¡Nick la había seducido para vengarse de su padre! Le había robado su gran contrato, la había dejado sin trabajo ni herencia y tal vez le había destrozado el futuro, todo por una revancha.

El dolor la consumía. Había sido utilizada como una muñeca en la lucha de poder entre dos hombres con grandes egos. Nada de lo que Nick le había dicho era cierto. Los cumplidos, el coqueteo, su encanto, todo había sido un medio para conseguir un fin. Los ojos de Abby se llenaron de lágrimas, devolviéndola al presente. Observó la expresión triunfal de su padre. ¡Se estaba regocijando de su dolor! Lo conocía lo suficiente como para saber que estaba enormemente satisfecho de verla herida por haber ido en contra de sus deseos al salir con Nick. Sintió durante un instante una ira cegadora contra ambos hombres, y entonces se dio cuenta de que estaba reaccionando como lo habría hecho su padre.

Luchando contra las lágrimas y tratando de evitar pensar siquiera en aquella revelación, se recompuso.

–De acuerdo, has demostrado tu argumento. Ahora quiero que te vayas de mi casa.

–Sí, claro que me voy –el rostro de su padre estaba encendido de ira–. Ya no eres mi hija. Eres el juguete barato de ese malnacido y espero que no estés embarazada de él.

Abby se quedó petrificada ante aquellas palabras cargadas de odio.

–Nunca te creí capaz de tanto odio –susurró estremeciéndose.

Se dio la vuelta, salió del salón y cerró la puerta tras ella con fuerza. No quería ver a su padre. Salió a toda prisa por la puerta de atrás y se subió al coche. Una vez dentro, cerró y esperó. No quería hablar con él ni verle. Las palabras que le había dicho habían puesto fin a su relación, que era justo lo que su padre quería. Pero ella era su hija, y el amor no podía cerrarse como si fuera el grifo del agua.

¿Le habría dicho la verdad respecto a Nick? Le costaba trabajo pensarlo, y se preguntó de dónde habría sacado su padre aquella información, porque ella no había escuchado ni visto nada sobre Nick y Centennial. Quinn tampoco lo había mencionado.

Nick había sido demasiado cariñoso, demasiado íntimo. Abby pensó en su tono de voz bajo cuando le contaba las cosas que más miedo le daban en la vida, revelaciones que, según le dijo, nunca le había confesado a nadie, ni siquiera a su hermano. ¿Cómo podía haberle hablado tanto de él si la estaba utilizando fríamente para vengarse? ¿Era consciente de que le estaba arruinando el futuro, y aun así la había seducido?

¿Era Nick tan perverso y falso como su padre le había acusado de ser?

Sólo había una manera de responder a aquella pregunta y averiguar la verdad. Preguntándole a Nick.

Si iba a verlo, quería estar calmada. Si había sido sincero y las acusaciones de su padre eran falsas, entonces no quería parecer disgustada, como si no hubiera tenido fe en él. Por otro lado, si Nick resultaba ser culpable de engaño y de robarle la venta, quería tener el mejor aspecto y demostrarle que era una superviviente pasara lo que pasara.

Convencida de que su padre ya se había ido, volvió a entrar. Para su alivio, el coche ya no estaba delante de su casa. Abby corrió a darse una ducha y cambiarse de ropa. Había quedado a cenar con Nick, pero no iba a esperar hasta entonces para hablar con él.

En menos de una hora se había vestido con un traje de chaqueta blanco y sandalias blancas. Llevaba el pelo recogido en lo alto de la cabeza. Se miró por última vez, acercándose mucho para ver si se notaba que había estado llorando, pero no quedaba rastro de su disgusto.

Sonrió a su reflejo y decidió que tenía buen aspecto. Agarró su bolso, cerró la puerta con llave y se fue. Llamó a Nick desde su recepción y le preguntó si podía subir a verlo un instante.

Su voz sonó cálida y entusiasta cuando le dijo que estaba deseando verla.

Abby se subió al ascensor privado y en cuestión de minutos estaba en su planta, entrando por la puerta de su despacho. Nick la esperaba de pie con una sonrisa, sujetándole la puerta abierta.

–Entra –dijo tomándola del brazo y acompañándola al despacho. La abrazó antes de que ella pudiera decir nada. Le deslizó la mirada hacia la boca y el corazón de Abby latió con fuerza. La besó y, durante unos segundos, se olvidó de cuál era el propósito de aquella visita.

El mundo dejó de existir para ella. Desaparecieron los problemas y las preocupaciones. El dolor se disipó. Nick le aceleraba el pulso y la encendía en llamas. Pero entonces recordó qué hacía allí. Lo apartó de sí, primero suavemente y después con más firmeza.

Nick levantó despacio la cabeza. Tenía el deseo reflejado en los ojos y los labios rojos de besarla.

–¿Qué ocurre? –preguntó frunciendo el ceño tras mirarla fijamente–. ¿Ha pasado algo, Abby?

–Nick, eres el dueño de Centennial Brokerage, ¿verdad? –le preguntó conteniendo la respiración, como si el mundo entero estuviera al borde del colapso.

# Capítulo Nueve

Nick cerró los ojos un instante y Abby supo la respuesta.

El dolor se apoderó de ella, aplastándole el corazón y destrozándoselo en un millón de piezas. Estaba abrumada por su traición y sus egoístas motivaciones.

–¿Cómo has podido? –susurró sintiéndose más herida que en toda su vida.

Nick la agarró de los hombros y la miró fijamente.

–Deja que te lo explique.

–¡Ni lo intentes! –le espetó ella. El dolor se iba convirtiendo a toda prisa en furia. Pensó en lo cuidadosamente que se había vestido para él, y fue consciente de que ni la ropa ni su aspecto servían de armadura para protegerla del daño que Nick le había hecho. Quería perderle de vista, salir de su oficina. Confiaba en no volver a verlo nunca más en su vida.

–Tienes que escucharme, Abby –insistió Nick sacudiéndole suavemente los hombros.

–¡No! –gritó ella–. No te he oído negar que me hayas engañado. ¡Sal de mi vida, Nick! Ya tienes lo que quieres. Me has dejado sin mi acuerdo y sin futuro. Pero lo peor de todo es tu doble cara.

–¡Escúchame, Abby! –repitió él.

–No volveré a escucharte jamás –aseguró Abby levantando la voz. Hizo un esfuerzo para evitar perder el control de sus emociones–. Has acabado con mi carrera y con mi relación con mi padre. Y lo peor de todo –exclamó–, es que me hayas utilizado para vengarte. Me sedujiste deliberadamente, me encandilaste para llevarme a tu isla mientras tu hermano me robaba la venta. ¡Cuánto os habéis tenido que reír los dos a mi costa! Fui muy fácil, ¿verdad, Nick?

–No me estás escuchando, Abby. ¿Me dejas hablar? –le imploró.

–¡No! –exclamó ella soltándose y dirigiéndose hacia la puerta–. Me has traicionado, Nick –dijo dándose la vuelta–. Disfruta de tu victoria, Nick. Saborea el triunfo.

Abby dio los últimos pasos que la separaban de la puerta y agarró el picaporte con la mano.

–¡Abby, por favor, dame la oportunidad de hablar contigo!

–No –contestó ella dándose la vuelta–. No volveré a confiar en ti, así que no te molestes en inventarte una historia y ofrecerme docenas de disculpas. No lamentas mi ruina ni lo más mínimo porque te proporciona lo que llevas años anhelando: venganza. Le has costado millones a mi padre, pero a mí me has roto el corazón. Mantente alejado de mi vida, Nick.

–Maldita sea, ¿quieres escucharme? –le rogó dirigiéndose hacia ella.

–No te acerques –gritó Abby saliendo del despacho con un portazo y corriendo al ascensor. Entró en el momento en que Nick salía precipitadamente del despacho.

—¡Espera, Abby! —exclamó.

Las puertas se cerraron, y para su alivio, el ascensor comenzó su rápido descenso a la planta baja. Abby apenas podía ver por las lágrimas, y se las secó con rabia, furiosa por haberse entregado tanto a Nick. Había aprendido una terrible lección respecto a confiar en el enemigo.

En cuando se abrieron las puertas salió disparada hacia su coche, que había aparcado lo más cerca posible de la entrada. Los ojos de Abby volvieron a llenarse de lágrimas. Lo había perdido todo por Nick, pero el mayor dolor era haber perdido al propio Nick. Lo amaba, y él le había destrozado el corazón.

El jueves todavía se sentía como si estuviera rodeada de neblina. No atendió ninguna llamada hasta que quedó a comer con Quinn. No había salido de su apartamento desde que vio a Nick. Aparcó y entró a toda prisa en el café, donde encontró a Quinn sentado en un taburete. Cuando la vio llegar, se puso de pie y la saludó con la mano. Abby se sintió aliviada al ver a su amigo. Era una buena persona, alguien en quien se podía confiar. Pidieron unas hamburguesas, pero Abby no tenía apetito. Transcurridos veinte minutos, se reclinó en la silla y se quedó mirando el mazo de notas que tenía delante.

—Quinn, me duele la cabeza, y no creo que hoy podamos hablar de los planes para el futuro. Pensé que podría hacerlo, pero no puedo.

Él se encogió de hombros y se pasó la mano por el grueso cabello castaño.

–Claro. Esto puede esperar hasta que estés preparada. La idea es tuya. ¿Quieres quedarte aquí sentada y tranquila? ¿O venir a mi casa a ver un rato la televisión?

Abby sonrió y negó con la cabeza.

–Creo que me iré a casa –dijo recogiendo sus papeles–. Gracias por ser mi amigo.

–Claro. Yo tomaré notas y echaré un vistazo a alguna que otra oficina. Tú relájate y olvídate del trabajo. Deja que yo me ocupe de esto durante unos días y te ahorre tiempo y preocupaciones.

Abby le dirigió una sonrisa.

–Eres un auténtico amigo. ¿Sigues saliendo con Maggie? –le preguntó pensando en la novia de Quinn, con la que llevaba mucho tiempo.

–Claro. No sé qué haría sin ella.

Abby volvió a sonreírle.

–Cuídate Abby. No estés tan triste.

–Estoy bien –aseguró ella–. Hablaremos la próxima semana –dijo levantándose y saliendo de allí.

El viernes por la noche, la primera semana de septiembre, Abby estaba sentada a una mesa cubierta con un mantel de lino blanco en un restaurante elegante. Delante de Quinn y ella había sendos platos de cristal con ensalada.

–Si abrimos nuestra propia empresa, deberíamos mudarnos a Fort Worth o algún otro lugar de las afueras, Abby. Si nos instalamos aquí en Dallas, ten-

dremos encima a tu padre y creo que nos destroza-
rá el negocio.

Abby le dio un sorbo a su vaso de agua y miró a
Quinn con expresión seria.

–¿Quieres bajarte del carro? Si es así lo enten-
dería, porque esto va a requerir más esfuerzo de lo
que yo pensé, y mi padre es vengativo.

–Creo que eso es quedarse corto –respondió
Quinn, que dejó de comer y se la quedó mirando fijamente. He ido a ver oficinas para alquilar y en algunos sitios me han dado con la puerta en las narices.
Tal vez deberíamos trabajar ambos por cuenta aje-
na durante un año o dos y dejar que tu padre se cal-
me. Creo que quiero echarte de Dallas, Abby.

Abby se dio cuenta de que Quinn había dejado
de hablar y estaba esperando a que ella dijera algo.

–Lo siento. Estaba pensando en otra cosa, Quinn.
¿Qué me decías?

Su amigo volvió a repetirle con paciencia lo que
acababa de decir.

–¿Quieres dejarlo? –Abby se encogió de hombros–. Lo comprendo, Quinn.

Su amigo suspiró y la miró.

–Odio tener que hacerlo, pero creo que es lo
más sensato –aseguró–. Tú deberías dejarlo también, Abby. No puedes luchar contra tu padre. Ni
contra los Colton. Siento dejarte tirada.

–Eso es muy distinto a hacerme daño, o a ser perverso y mentiroso. Estás haciendo lo más sabio. Y si
tengo éxito, tal vez algún día vengas a trabajar conmigo.

–Claro. Eso sería estupendo.

Abby se alegró de que por fin terminara la cena y pudiera despedirse de Quinn. De camino a casa se sentía muy triste, pero trató de luchar contra el dolor. Estaba sola y tendría que enfrentarse a su padre, y probablemente a Nick. Se preguntó dónde le gustaría trabajar si abandonaba la idea de establecerse por su cuenta.

Cuando llegó a su apartamento, lo encontró demasiado vacío, demasiado silencioso, y se preguntó qué estaría haciendo Nick y si ya la habría olvidado. La había llamado durante unos cuantos días, pero ella no contestó a ninguna de sus llamadas, así que Nick había dejado de intentarlo.

Sonó el timbre de la puerta y Abby recogió el paquete que le había traído un mensajero. Cuando se hubo marchado se dio cuenta de que la caja era de Nick. Se sintió tentada a no abrirla siquiera, a devolverla, pero tenía curiosidad por saber qué le había mandado. Recordó el collar de esmeralda y diamantes que le había regalado. Llevó la caja a su escritorio y la abrió.

Para su sorpresa, lo que sacó fueron unos papeles. Entonces leyó la carta de Nick.

*Abby:*
*Nunca fue mi intención hacerte daño. Creí que la operación Masaryk era únicamente de tu padre, y no supe que era tuya hasta que me dijiste que habías perdido una venta muy importante. Para entonces ya era demasiado tarde. Tendría que haberte contado lo que había hecho en*

*cuanto descubrí que la venta era tuya. Te envío un deta-
lle simbólico para decirte que lo siento. Sabía que no que-
rrías un collar. Te echo de menos.*

*Nick*

Las lágrimas le quemaron y se las secó con fiereza. Abrió un sobre de la organización solidaria
con la que colaboraba y se preguntó qué habría
hecho Nick.

Leyó otra carta y se la quedó mirando sin dar
crédito. Nick había comprado terreno para construir tres casas más y las donaba a la organización a
nombre de Abby, además de los materiales para
construir las casas. ¿Por qué habría hecho aquello?

Volvió a leer la nota de Nick: «Te echo de menos».

Abby apartó a un lado el paquete. Nick sabía que
ella no rechazaría un regalo para una obra solidaria.
Lo echaba de menos como nunca creyó posible.
Echaba de menos su compañía, sus besos, su modo
de hacer el amor, sus manos y su boca en su cuerpo…
Estaba tan enamorada de él que se preguntó si alguna vez podría olvidarlo.

Nick removió los papeles de su escritorio sin ver
otra cosa que no fuera a Abby. La echaba terrible-
mente de menos y quería hablar con ella. Intentó llamarla una vez más, pero volvió a saltarle el contes-
tador. Dejó un mensaje y colgó con frustración. No
contestaba a sus llamadas, y sabía que, si fuera a verla, no lo recibiría. ¿Qué podía hacer?

Se paseó inquieto por el despacho. Echaba de menos a Abby. No sabía cuándo se había convertido en alguien tan especial e importante para él. ¿Estaba enamorado? ¿Por qué diablos no podía olvidarla, como siempre hacía cuando las mujeres desaparecían de su vida? Le había hecho daño, cuando ésa no había sido nunca su intención, y Gavin Taylor había sido un mal nacido con su propia hija.

Nick le dio un manotazo a la mesa. La echaba de menos. ¿Era aquello amor, y no sólo culpabilidad? Pensó en lo que sentía y se pasó los dedos por el cabello, acercándose con impaciencia a la ventana.

Estaba enamorado. Por primera vez en su vida estaba de verdad enamorado, intensa y completamente enamorado. Quería estar con ella a su lado para siempre. Asombrado, pensó en ello y finalmente se preguntó cómo podría arreglar las cosas con ella y recuperarla. En el pasado, a las demás mujeres les enviaba un collar de diamantes o una pulsera como gesto de paz. Pero sabía que, si le enviaba a Abby algo así, se lo devolvería.

Antes siempre había podido hablar con ella, y se preguntó si podría persuadirla para que saliera con él el sábado a algún sitio donde pudieran hablar a solas. ¿Le perdonaría? Si hubiera algo que pudiera hacer para demostrarle cuánto lamentaba lo ocurrido… Se quedó mirando al vacío y luego descolgó el teléfono. Se le había ocurrido algo que podría servir.

\*\*\*

A mediados de septiembre, Abby recorrió en el coche la escasa distancia que la separaba de aquel edificio de piedra gris de las afueras. Estaba iniciando su segunda semana en Desarrollos Wilhite, empresa perteneciente a Marcia Wilhite, una agente inmobiliaria que contaba con una plantilla sólo de mujeres. A Abby le gustaba trabajar allí, y tenía la sospecha de que su padre no iría contra una empresa completamente femenina porque eso se vería mal en el mundillo empresarial.

Marcia, una mujer rubia y esbelta, saludó a Abby cuando entró en la lujosa recepción repleta de cuadros de paisajes, macetas con plantas y gruesas alfombras orientales que cubrían el pulido suelo de roble.

–Lo vas a ver de todas formas, Abby –dijo Marcia tendiéndole un periódico económico–. Una vez más, te digo que siento que hayas perdido esa venta.

Abby leyó los grandes titulares sobre la gran venta de terrenos a la empresa de Masaryk. Se llevó el periódico a su acristalado despacho y se quedó mirando la foto de Dale Masaryk, pero lo único que veía era a Nick. Había dejado finalmente de llamarla. Había recibido llamadas suyas durante toda la semana, pero no había contestado ninguna. Llevó el periódico al mostrador de la recepción y lo dejó allí mientras charlaba brevemente con la recepcionista. Luego regresó a su escritorio y trató de concentrarse en el trabajo.

A media mañana escuchó un revuelo en el vestíbulo de entrada y se preguntó quién habría venido y qué estaría ocurriendo, pero como no tenía nada que ver con ella, se concentró en las llamadas que tenía que hacer.

El ruido se detuvo y regresó la tranquilidad. Abby se acercó el teléfono y pensó qué número debía marcar primero. Pensó en uno de los nombres de la lista, pero la mente se le fue hacia Nick y olvidó lo que estaba haciendo. Se quedó mirando a través de la cristalera de su despacho hacia la zona central.

Sorprendida, parpadeó y se le cayó el bolígrafo de la mano. Nick había cruzado el amplio arco de la entrada y se dirigía con paso firme hacia su oficina. Vestido con un traje azul marino y corbata, llevaba en la mano un gigantesco ramo de rosas rojas y orquídeas blancas y avanzaba sin vacilar hacia su despacho.

# *Capítulo Diez*

A Abby le latió con fuerza el corazón mientras veía a Nick dirigirse hacia ella.

–¿Qué estás haciendo aquí?

–Quiero hablar contigo y al parecer ésta es la única manera –le tendió el ramo–. Esto es para ti.

Abby aceptó las flores sin mirarlas mientras Nick rodeaba su escritorio. El corazón le latía a toda pastilla.

–Nick, yo no…

Él le agarró de los brazos, pillándola por sorpresa.

–¡Suéltame, Nick!

–Quiero que me escuches –dijo él clavándole la oscura mirada. Abby contuvo al aliento–. Si los fines de semana que hemos pasado juntos significan para ti tanto como para mí –aseguró con solemnidad–, entonces dame un poco de tiempo y escucha lo que tengo que decirte.

Abby observó atónita sus ojos oscuros y dejó de protestar. No podía decir nada mientras Nick la llevaba por la oficina. No fue consciente de sus compañeras, ni de nada de lo que la rodeaba, sólo veía a Nick y nada más. Seguía llena de ira, pero lo había echado muchísimo de menos y su afirmación sobre el tiempo que habían pasado juntos era arrolladora. ¿Lo habría echado de menos tanto como ella a él? Y sin embargo, su engaño todavía le dolía.

Nick la sacó al exterior y ella clavó la vista en sus ojos oscuros. Apretó los músculos de la mandíbula. Tenía una expresión decidida. Unos mechones de cabello negro le caían por la frente y el viento se los apartaba de la cara.

–Es inútil, Nick. Nada de lo que hablemos nos llevará a ningún lado ni cambiará nada –aseguró.

Él apretó todavía más la mandíbula. Una impresionante limusina los esperaba en la entrada con un chófer sujetando la puerta abierta. Sin esperar, Nick la metió dentro y después entró él, colocándola con fuerza sobre su regazo.

Abby no se dio cuenta de que la puerta se cerraba ni de que la limusina se ponía en marcha. Sólo veía una cosa: a Nick.

–Te he echado de menos –susurró con sumo dolor–. Pero me has decepcionado, Nick. Entre nosotros no hay confianza ni podrá haber futuro. No puedo perdonarte por lo que hiciste.

Su corazón y su cuerpo se morían por él, pero no era capaz de olvidar la hipocresía de Nick. Lo deseaba, quería abrazarlo, amarlo y besarlo. Lo amaba y siempre lo amaría. Pero todo lo que le había dicho a él era cierto y se alzaba como un muro impenetrable entre ellos. Tenía que hacer que Nick lo viera y la dejara marchar, igual que ella tenía que apartarlo de su vida.

Nick le acarició suavemente el cabello y ella cerró los ojos, sintiendo cómo el deseo crecía en su interior. Lo deseaba desesperadamente.

–Nunca olvidaré el tiempo que hemos pasado juntos, Abby. Te deseo –dijo él con voz ronca y sensual.

–¡Esto no puede ser, Nick! ¿No te das cuenta de que cualquier relación entre nosotros está condenada al fracaso? No tenemos futuro –añadió marcando las palabras–. ¡No quiero un futuro contigo! Donde no existe la confianza no puede haber una relación.

–Eso no es así –dijo Nick acariciándola–. Te voy a llevar a casa conmigo para que podamos hablar. Quiero darte una cosa y quiero que me escuches.

–Esto es inútil –protestó Abby, odiándose por desear besarlo. Le quitó las horquillas del pelo para soltárselo y ella sacudió la cabeza, permitiendo que su espesa melena le cayera por los hombros. Pero no se dio casi cuenta, porque tenía la vista clavada en el labio inferior de Nick. Apenas podía respirar. Se moría por besarle. Apartó la mirada de su boca, dolida. Deseaba a Nick con toda su alma, pero no pensaba darle la oportunidad de que volviera a hacerle daño.

La limusina pasó entre las ramas inclinadas de unos robles y luego atravesaron unas gigantescas puertas de hierro. Serpenteando por una amplia avenida rodeada de inmaculados lechos de flores y árboles exóticos, la limusina giró en una curva y Abby se encontró con una mansión palaciega de granito blanco con tejas rojas y ventanas paladinas en el frente. Una fuente gigantesca con un chorro de agua que brillaba bajo la luz del sol se erguía rodeada de estatuas de bronce.

–Ésta es tu casa –dijo Abby mirando a Nick a los

ojos. Pero no escuchó su respuesta ni pensó en el lugar en que vivía. La limusina se había detenido y Nick la había rodeado con el brazo.

–Suéltame. Puedo bajarme sola –dijo ella. Pero Nick sacudió la cabeza.

–No quiero soltarte nunca –aseguró con voz grave.

–Oh, Nick, ¿no me estás escuchando? Te repito que tú y yo no tenemos futuro –insistió con énfasis mirando a su alrededor. Habían entrado en la casa.

Nick la guió hasta un enorme salón con una pared de cristal que daba a una amplia terraza. Más allá había una resplandeciente piscina rodeada de hamacas y grandes tiestos con flores. Abby se giró hacia Nick, que la miraba con los ojos inflamados de deseo. El pulso se le aceleró. Quería besarle, se moría por recorrer su fuerte cuerpo con las manos, y al mismo tiempo lo despreciaba.

Nick se acercó a ella y le rodeó la cintura. Abby estaba completamente perdida en su mirada.

–Te deseo, Abby. Vas a ser mía –dijo Nick.

–No podemos, Nick. Nosotros…

–Oh, sí podemos –dijo él inclinándose para cubrir su boca con la suya. En cuanto sus labios rozaron los de ella, su protestar se transformó en ceniza.

–Nick… –jadeó. Pero le resultaba imposible hablar. El corazón le latía con fuerza, y el deseo se había convertido en una fuerza arrolladora. No podía resistirse a sus besos. Era imposible. Olvidó por unos instantes su engaño, se puso de puntillas, y lo besó a su vez apasionadamente.

Nick la estrechó entre sus brazos y la atrajo hacia

sí con fuerza, besándola con tanta pasión que ella casi temblaba de deseo. Eliminó momentáneamente cualquier pensamiento. Todo quedó fuera, barrido por el deseo que sentía por Nick. La prueba de su excitación la presionaba con fuerza, y su boca la poseía. Finalmente le dio un leve empujón para apartarlo.

–Tenemos que parar esto, Nick.

–Sssh, Abby –murmuró él con voz ronca. Entonces se apartó y se acercó a una mesa de madera para agarrar un maletín–. Yo no sabía que la venta de Masaryk fuera tuya, te lo juro.

–Pero sí estabas al tanto cuando fuimos a Colorado, ¿no es verdad? –inquirió Abby.

–Sí, así es, pero aplacé la confesión una y otra vez porque quería pasar ese fin de semana contigo. En cualquier caso, eso ya ha terminado. Aquí hay algo que confío en que sirva para reparar tu pérdida –dijo tendiéndole el maletín.

Abby deseaba gritarle que no había nada que pudiera hacer para arreglar su engaño, pero se quedó callada y abrió el maletín. Esperaba encontrar un diamante u otro tipo de joya, pero volvió a sorprenderse al ver unos papeles. Los sacó y le dirigió a Nick una mirada curiosa. Él la miró fijamente y señaló los documentos con un gesto de la cabeza. Abby los miró y al principio no sabía de qué se trataba, pero entonces vio suficientes contratos de propiedades como para darse cuenta de lo que le estaba dando, y se quedó conmocionada.

–¡Nick! ¿Qué es esto? Has puesto mi nombre aquí –dijo sin dar crédito a lo que veían sus ojos. Pasó las hojas echando un rápido vistazo al contenido y lo miró con la boca abierta.

–¡Me has nombrado dueña de Colton Management Corporation, tu primera empresa!

–Así es. Es un detalle para arreglar el hecho de haberme quedado con tu venta, Abby –respondió él en tono grave–. No era mi intención arrebatarte tu gran operación ni causarte ningún problema.

–¡Es tu empresa originaria! –exclamó sin dar crédito–. ¡Esta empresa vale millones, Nick! Dijiste que nunca te desharías de ella. Dijiste que tenía para ti un gran valor sentimental.

–Tú significas más para mí –respondió Nick con voz pausada–. Te quiero, Abby.

Ella cerró los ojos y permitió que aquellas palabras la acunaran. La oleada de felicidad que la recorrió se vino entonces abajo. Volvió a mirarlo.

–Si estás dispuesto a darme esto, entonces supongo que no era tu intención robarme la venta de Masaryk –dijo en voz baja–. No puedo aceptarlo.

–Por supuesto que puedes. Quédatela, ocúpate de ella y tendrás tu propia empresa. Ya está funcionando y tiene el suficiente éxito como para que tu padre no pueda intervenir. Es tuya, Abby. Lo único que tienes que hacer es firmar esos papeles y serás independiente.

Ella volvió a negar con la cabeza y no pudo evitar que las lágrimas le corrieran por las mejillas.

–¿De verdad no sabías que el acuerdo era mío hasta que regresamos de la isla?

–No, no lo sabía. Y me quedé conmocionado.

Abby miró los papeles que tenía en la mano.

–Me alegro, porque eso hace que los fines de semana que hemos pasado juntos sean lo más especial de mi vida, pero eso no cambia el hecho de que yo sea una Taylor.

Nick le levantó la barbilla.

–Déjalo correr, Abby. Eso es lo que ha hecho tu padre, y a mí me importan un bledo tu herencia y tu apellido. Estoy enamorado. Te amo.

–¡Nick!

Abrumada, Abby se lo quedó mirando. Los papeles se le cayeron de las manos y fueron a parar al suelo. El corazón le latía con fuerza cuando le rodeó el cuello con los brazos.

–Nick, tal vez esté cometiendo el error más grave de mi vida, pero te quiero –dijo mirándose en sus ojos oscuros y viendo en ellos el amor que le había declarado.

–Ah, Abby –exclamó él.

Entonces se inclinó para besarla. Sus brazos fuertes la envolvieron con fuerza, apretándola. Abby se colgó de él y lo besó a su vez con frenesí, desatando la pasión y el deseo contra los que había batallado durante aquellos últimos días solitarios y tristes. Los besos de Nick no dejaban lugar a dudas de que la deseaba con la misma desesperación que ella lo deseaba a él.

Enseguida se quitaron la ropa y Nick la subió en brazos, abriéndose camino a través de una casa que ella no podía ver porque estaba abrazada a Nick, cubriéndole el cuello de besos y deslizando las manos por su pecho desnudo y sus hombros hasta que él la colocó sobre la cama y abrió un cajón para sacar un preservativo. Se movió entre sus piernas y Abby lo acarició, disfrutando de la visión de tenerlo delante. El dolor había desaparecido, las preocupaciones quedaban atrás.

Nick se inclinó y entró en ella. Abby arqueó la espalda y levantó las caderas para recibirlo, jadeando de placer.

–Cuánto te quiero, Nick –susurró, emocionada ante la abrasadora expresión de su rostro.

Se movió con él mientras el deseo iba creciendo hasta alcanzar un alivio estrepitoso.

Nick se estremeció, sujetándola y embistiéndola con pasión.

–Abby, mi amor –murmuró.

Eran unas palabras mágicas que la llevaban al éxtasis. Nick la estaba conduciendo al paraíso, estaba envuelta en amor. La euforia se apoderó de ella y se agarró con fuerza a él.

–No volveré a dejarte marchar nunca –dijo Nick–. Te necesito.

Sus palabras la hicieron estremecerse.

–Ha sido espantoso, Nick.

–Sssh –susurró él colocándose de lado y arrastrándola consigo–. Ya ha terminado, Abby. Ahora nos tenemos el uno al otro y yo no voy a dejarte marchar.

La acarició suavemente mientras le cubría de besos la frente, las mejillas y las orejas.

–Eres tan hermosa… He soñado contigo. Te echaba de menos y te deseaba.

Ella hundió el rostro en su cuello y las lágrimas volvieron a brotar.

–Te quiero, Nick.

Él se retiró ligeramente.

–¿Lágrimas? ¿Qué significa esto? Creí que te estaba haciendo feliz, no más desgraciada.

–¡Y así es! Lloro porque soy feliz, porque te quiero y porque lo he pasado fatal.

–Nos queremos, y eso es lo único que cuenta. Deja que te preste mi pañuelo.

Abby se secó las lágrimas con el dorso de una mano y trató de sujetarlo con la otra cuando él trató de salir de la cama.

–¡No te vayas! No necesitó ningún pañuelo.

–Enseguida vuelvo –se marchó y Abby lo vio desaparecer por la puerta. Regresó instantes después y la estrechó entre sus brazos antes de tenderle un pañuelo limpio.

Abby lo agarró con gesto divertido y lo colocó detrás de ella.

–Ya te he dicho que no necesitaba un pañuelo, y sigo sin necesitarlo, pero gracias.

–Tengo algo más para ti.

Abby sonrió con curiosidad. Nick le tomó de la mano y la miró con intensidad.

–¿Qué ocurre, Nick? –le preguntó confundida.

Sin apartar la vista de ella, le dio la vuelta a la mano.

–Abby, ¿quieres casarte conmigo? –le preguntó colocándole un anillo en la palma.

A ella le latió el corazón a toda prisa, y envolvió el anillo con la mano sin mirarlo mientras le echaba los brazos al cuello a Nick y lo atraía hacia sí.

—¡Sí, Nick! ¡Oh, sí, me casaré contigo! —exclamó riéndose y llorando al mismo tiempo de alegría mientras lo besaba.

Nick la estrechó entre sus brazos y en cuestión de segundos la proposición matrimonial quedó momentáneamente apartada mientras volvían a hacer el amor con salvaje abandono.

No fue hasta más tarde, cuando Abby estaba acurrucada entre sus brazos absolutamente feliz, cuando de pronto se incorporó.

—¡El anillo! Nick, he dejado caer el anillo que me has dado —dijo afanándose por encontrarlo.

Miró a un lado de la cama y distinguió el brillo del diamante. Lo recogió y le dio la vuelta. Nick se lo quitó y se lo colocó en el dedo.

—Te amo, Abby. Iba a llevarte esta noche a cenar a mi yate y pedirte en matrimonio en un entorno romántico, pero no he podido esperar.

Ella miró el anillo y contuvo la respiración.

—¡Dios mío, Nick! ¡Es fabuloso! ¡Es magnífico!

—Tú sí que eres fabulosa —respondió.

Abby giró el diamante de ocho quilates engarzado en una gruesa banda de oro. Estaba rodeado de diamantes de un quilate, y brillaba con fuerza. Volvió a abrazar a Nick.

—Te quiero con todo mi corazón.

Él sonrió y jugueteó con su pelo con una mano mientras que con la otra le acariciaba el cuello.

—Cásate conmigo pronto, Abby. No quiero volver a separarme de ti jamás. ¿Cuándo podemos casarnos?

Abby pensó en ello.

–Vamos a tenerlo difícil con mi padre, Nick.

–No te preocupes por eso. Tú cásate conmigo y ya. Podemos casarnos en mi isla. En el yate, aquí, donde quieras y cuando quieras. Tú organiza lo que quieras. Sólo cásate conmigo pronto.

Abby se rió, volvió a besarle y de pronto le agarró del brazo.

Nick sonrió y la estrechó entre sus brazos para besarla.

Era ya de noche cuando estaban en el patio hablando de los preparativos de la boda. La fabulosa mansión de Nick quedaba detrás de él. Abby le daba la espalda a los jardines mientras planeaban su enlace.

–Escoge una fecha cercana. ¿El próximo fin de semana? –le preguntó Nick.

–A Finales de octubre. Podrás esperar ese tiempo –respondió ella sintiendo la fuerza con la que le latía el corazón. ¡Casarse con Nick! Pasaría el resto de su vida con él, con el amor de su vida. Entusiasmada con la perspectiva, le acarició la mejilla.

–Si tengo que esperar, esperaré. Pero tú te quedas aquí hasta que llegue ese momento.

–Trato hecho –murmuró Abby inclinándose para besarlo.

# Epílogo

Abby se miró una vez más vestida de novia. Resplandeciente de alegría, sentía que iba a flotar por el pasillo y que sus pies no rozarían siquiera el suelo. Su amiga Emmaline le estiró la cola del vestido.

–¡Estás preciosa, Abby! –aseguró con efusión–. ¡Y vas a casarte con el multimillonario más guapo que ha existido jamás!

–Eso creo yo también –respondió ella girándose para mirar la parte de atrás del velo en el espejo–. Emmaline, ¿ha venido mi padre?

–No, y deja de preocuparte por él. Sabes que tu padre hará lo que le parezca y no puedes cambiarle. No permitas que te arruine el día de tu boda.

–No lo permitiré –dijo Abby mientras sus pensamientos regresaban con Nick.

Se escuchó una fuerte llamada a la puerta.

–Adelante –dijo Abby.

Jenna Fremont, la organizadora de la boda, entró.

–Ha llegado el momento, Abby. ¡Estás preciosa!

–Gracias. Ya salgo –contestó Abby.

–Yo voy primero –dijo Emmaline–. Las demás damas de honor ya están en el vestíbulo.

Abby asintió y recogió las faldas de su vestido de novia para salir. Noah, el hermano de Nick, era el padrino de Nick, pero la estaba esperando para recorrer el pasillo con ella y entregar a la novia, porque su padre no había vuelto a hablar con ella, ni había contestado a sus llamadas ni respondido a sus cartas.

Noah estaba de pie esperando, y Abby se preguntó cómo le caería ella realmente, aunque siempre se había mostrado tan cariñoso como los amigos de Nick.

–¡Estás preciosa! –dijo Noah mirándola con admiración. Abby le sonrió.

–Gracias, Noah –la tomó del brazo y se acercaron a la puerta cuando la última dama de honor recorrió el pasillo.

Abby miró a Nick y el corazón estuvo a punto de salírsele de la boca. Estaba vestido con una levita negra, pantalones y chaqueta negros y corbata negra, y estaba increíblemente guapo. Llena de amor y de felicidad, era consciente de ser la mujer más afortunada del mundo.

–Yo lo haré –dijo una voz grave, sobresaltándola. Sorprendida, se giró y vio a su padre haciéndole un gesto a Noah para que se fuera. Noah miró primero a su padre y luego a ella, que le hizo un gesto afirmativo con la cabeza.

–Adelante, Noah, ve a reunirte con Nick –dijo mientras se miraba en los ojos verdes de su padre. Su padre llevaba una levita negra, y Abby se preguntó cómo se habría enterado de lo de la boda y de cómo iban a ir vestidos los hombres.

Gavin alzó la barbilla con gesto obstinado, se colocó a su lado y la tomó del brazo. Abby estaba asombrada de que hubiera dado su brazo a torcer y estuviera allí en la boda. Le había mandado la invitación y le había dejado mensajes de teléfono, pero nunca supo ni una palabra de él. Por el momento, estaba entumecida. Su padre le había hecho demasiado daño como para que de pronto se sintiera abrumada por la emoción de verlo, pero se alegraba de que la disputa tal vez llegara a solucionarse.

Se giró para mirar a Nick. Estaba decidida a que su padre no hiciera nada que pudiera estropear su felicidad en aquel día tan especial. Noah apareció por una puerta lateral y ocupó su lugar como padrino de su hermano, mientras Ryan Warner y Jake Thorne le hacía un hueco. Y entonces llegó el momento de que ella recorriera el pasillo. Sólo tenía ojos para Nick, y se olvidó de todo lo demás. Su oscura mirada la recorrió de arriba abajo, y tenía dibujada en los labios una leve sonrisa. No miró ni una sola vez a su padre, tenía la vista clavada en ella. Cuando puso la mano en la de Nick, Abby sonrió. Él le devolvió la sonrisa y le guiñó un ojo.

Pronunciaron sus votos y escucharon las canciones y las plegarias. Finalmente, Nick la besó fugazmente y entonces el párroco los declaró marido y mujer y así los presentó ante los invitados. Recorrió el camino de vuelta por el pasillo con Nick, y al llegar al vestíbulo, él se giró para volver a besarla.

—Hasta esta noche, señora Colton —susurró.

Riéndose, Abby le tomó de la mano y se dirigieron al frente de la mansión para hacerse las fotografías.

La fiesta se celebraba en el club de campo, y ya era de noche cuando Abby se cambió y se puso un vestido azul antes de subir a la limusina que los estaba esperando y que los llevó al aeropuerto. Allí les esperaba el jet de Nick. Aquella noche, Nick atravesó con ella en brazos el umbral de su ático de Nueva York, situado en lo más alto de la bulliciosa ciudad.

Una vez dentro, la dejó en el suelo, y mientras se quitaba la chaqueta y la corbata, ella miró a su alrededor. Estaban rodeados de lujo, con moqueta blanca y muebles blancos. Había una mesa dispuesta con comida y champán, pero Nick le rodeó la cintura con los brazos y la atrajo hacia sí.

–Te quiero, señora Colton.

–Yo también te quiero, y me encanta que me llames así –dijo rodeándole el cuello con los brazos.

Nick se inclinó para besarla.

–Te quiero, y esto es el paraíso –aseguró antes de cubrirle la boca con la suya y evitar cualquier respuesta por su parte.

Abby se puso de puntillas para besarle. El corazón le latía con fuerza por la alegría. La felicidad era total y absoluta. Estaba locamente enamorada de aquel hombre alto y excitante que ahora era su marido, y estaba entusiasmada por los cambios que se habían producido en su vida.

Necesitaba a Nick tanto como al aire que respiraba, y sabía que lo amaría para siempre. Abby se apartó ligeramente y sonrió mientras lo miraba.

–Nick, te quiero más de lo que nunca sabrás –dijo.

Los oscuros ojos de Nick ardían de deseo. Clavó la vista en su boca antes de volver a ponerla de nuevo en sus ojos.

–Te quiero, Abby. Nunca sabrás cuánto, pero tengo intención de pasarme toda una vida demostrándotelo –dijo–. Haré todo lo que esté en mi mano para que no pierdas la confianza en mí y por hacerte feliz.

–¡Nick! –exclamó Abby con alegría, consciente de que verdaderamente era la mujer más afortunada de la tierra.

Amaba a Nick más de lo que nunca creyó posible, y lo amaría para siempre.

# Deseo™

# El riesgo de querer

Ann Major

Abby Collins no estaba acostumbrada a tener aventuras de una noche,
y mucho menos con hombres forni-
dos y serios como Leo Storm. Habían
compartido la noche más salvaje
que ella hubiese podido imaginar,
pero Abby no había contado con las
consecuencias de aquella aventura:
estaba embarazada.

Leo le pidió que se casaran para faci-
litar las cosas pero, aunque cualquier
mujer se derretiría ante la perspectiva de casarse con un acaudalado
administrador de rancho, Abby sólo
pretendía obtener amor para ella y
para su hijo. Y aquello era lo único que quizá Leo no pudiera
proporcionarle...

**¿Casarse... por el bien de su hijo?**

# Julia™

La tímida bibliotecaria Emily Garner necesitaba vivir un poco. Y aquel reencuentro casual con su amor de la infancia, Will Dailey, le hizo ver que las Vegas era el lugar perfecto para un fin de semana salvaje. Tan salvaje, que de hecho sólo recordaban vagamente que se habían casado.

Will no había visto a Emily durante años… ¡Y ahora era su mujer! Seguía siendo como la recordaba, la fantasía de cualquier hombre, pero él se había pasado los últimos diecisiete años agobiado por las responsabilidades familiares, y ahora lo único que deseaba era disfrutar de la vida despreocupada de un soltero. No quería estar atado a la dulce, hermosa y deliciosamente inocente Emily… ¿O tal vez sí?

## Locura de una noche

### Christie Ridgway

**Habían cometido la mayor locura de sus vidas**

# Bianca™

**Las reglas de él: la vida es mucho más placentera con alguien calentándote la cama… Y el matrimonio y los niños no entran en el plan.**

Cuando la joven e inocente Faith llegó a su lujosa estancia argentina, Raúl pensó que era la amante perfecta.

Vestida con diamantes por el día y entre sus sábanas de seda por las noches, Faith se vio arrastrada por el lujoso ritmo de vida de la alta sociedad argentina. Pero entonces descubrió que, accidentalmente, había hecho una de las cosas que Raúl le había prohibido…

Faith tenía que hacer frente a Raúl y contarle que estaba embarazada…

## Planes rotos

### Sarah Morgan